•編者的話•

看漫畫是老少咸宜的休閒活動，利用看漫畫來達到學英文的目的，是一舉兩得、輕鬆且效果最好的方法。本書卽針對此目的編寫而成。

中國人在學英文時，總是正襟危坐；和老外交談時，也時常將幽默詼諧的玩笑話，說成了客套的公式化用語。使得尷尬的場面常常發生。在面對以下的俏皮話時，更是不知所云了。

Q：*Would you like some tea?*

（**直譯：你要喝杯茶嗎？**註：tea和t發音相同）

A：*I want the next letter.*

（註：the next letter指的是t的下一個字母u，而u和you發音相同，因此本句含意為"I want you."。）

看漫畫說英語便是基於這些需要編寫而成的，以幽默輕鬆的對話進行，提高讀者的學習興趣，學來非常輕鬆容易，也幫助您說一口合宜得體的英文，避免困窘的場面發生。

外國朋友常向我們詢問本土的事物，如台灣的小吃、台灣的文化以及台北市的繁華等，這些都是我們最熟悉的題材，但往往也是最難以表達的。有鑑於此，因此本書**題材取向本土化**，內容涵蓋最廣，舉凡台北市的介紹、台灣的吃食、粽子、海鮮、魚翅、火鍋和台灣的穿著文化、插花、茶道、三溫暖、尾牙、賞花、書法、卡拉OK…等，均包括在內。相信讀者在捧腹大笑之餘，也學到了道地的口語英文。

本書付梓在卽，唯恐有疏失之處，祈各界先進不吝指正。

Editorial Staff

● 企劃・編著 / 湯碧秋

● 英文撰稿

Mark A. Pengra・Bruce S. Stewart
Edward C. Yulo・John C. Didier

● 校訂

劉　毅・葉淑霞・武藍蕙・黄欽成
林　婷・吳淑娟・陳怡平・陳志忠

● 校閱

Larry J. Marx・Lois M. Findler
John H. Voelker・Keith Gaunt

● 封面設計 / 蘇翠鳳

● 版面設計 / 蘇翠鳳・張鳳儀

● 版面構成 / 黄春蓮・謝淑敏

● 打字

黄淑貞・倪秀梅・蘇淑玲・吳秋香
洪桂美・徐湘君

● 校對

王慶銘・林韶慧・葉美利・李南施
邱蔚棼・陳淑靜

●目 錄
CONTENTS

● 抱歉／Excuse Me

● 打算・意見／Plan・Opinion

● 拒絕／Refuse Offers

● 問路／Asking Directions

● 時間／Time

● 忠告／Advice

● 道路／Streets

● 在公司／Inside the Company

● 購物／Shopping

● 運動／Sports

● 台灣的吃食／Eating in Taiwan

● 台灣的文化／Taiwan's Culture

● 雙關語／Puns

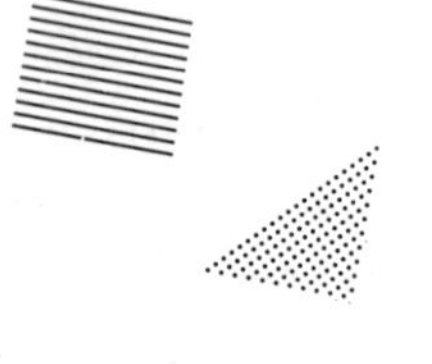

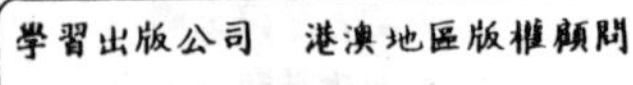
學習出版公司　港澳地區版權顧問

RM ENTERPRISES

P.O. Box 99053 Tsim Sha Tsui Post Office, Hong Kong

HOW TO EASILY SPEAK ENGLISH

打招呼① 第一次見面

How do you do?

你好嗎？

How do you do?
你好嗎？

My name is David Chen.
I'm glad to meet you.
我叫陳大衞。
很高興見到你。

●舉一反三

Howdy!（您好！）

Nice to meet you.／Pleased to meet you.（很高興見到你。）

Have we met before?（我們以前見過面嗎？）

Meeting someone for the first time

How do you do？是較正式的打招呼用語，常用於初次見面的場合。但如果對象是同輩的年輕人，則大都只是輕鬆地說聲“***Hi***！”。而且自我介紹時，也不用說出 ***full name***（全名），只說 ***first name***（名字）就可以。

I'm Richard Johnson.
I'm glad to meet you, too.
我是理查・强森。
我也很高興見到你。

便當~~
飲料~~
英会話
ENGLISH CONVERSATION

●實用表達

introduce〔ˌɪntrəˈdjus〕*v.* 介紹　　introduction〔ˌɪntrəˈdʌkʃən〕*n.* 介紹

first name 名字（如 David, Richard）

last name／family name 姓（如 Chen, Johnson）

打招呼 ② 稱 呼

Please call me Bess.

請叫我貝絲。

Hi!
嗨!

Hi! My name is Elizabeth Howard.
Please call me Bess.
嗨!我是伊麗莎白·何爾德。
請叫我貝絲。

● 舉一反三

What should I call you? 我應該怎麼稱呼你呢?

May I have your name? 我可以知道你的名字嗎?

Elizabeth is Bess for short. Bess是Elizabeth的簡稱。

Addressing

英美人大多以 ***first name*** 互相稱呼。尤其是美國人，一結交認識就喜歡用 ***first name*** 相稱。熟識之後，喜歡用 ***nickname***。例如：***Elizabeth*** 就叫 ***Liz***，***Bess*** 等。

My name is Kinson Cheng.
Please call me Kin.
我是陳金生。你可以叫我小金。

叫小金呢！
只不過是黃銅而已。

● 實用表達

difficult name to pronounce 不容易唸的名字
nice / beautiful name 文雅／美麗的名字
unusual name 不常見的名字　　typical Chinese name 典型的中國名字

打招呼③　問　候

How are you?

你好嗎？

Hi! 嗨！
Hi! 嗨！

How are you?
你好嗎？

Fine, thanks. And you?
很好，謝謝。你呢？

● **舉一反三**

How's everything? 還順利嗎？

What's new? 有什麼新鮮事？

I'm doing just fine. 我還不錯。　I'm pretty fine. 我很好。

Casual greeting

互相認識的同輩，平常打招呼的用語，最輕鬆的是用“***Hi！***”其次是“***How are you？***”——回答用“***I'm fine .～***”的句型。年輕人也喜歡用“***How（are）you doing？***”來問。

Super!
太棒了！

●實用表達

terrific〔tə'rɪfɪk〕*adj*. 非常的；可怕的　in the pink 非常健康
in good shape 很順利　terrible〔'tɛrəbl̩〕*adj*. 可怕的；非常的
out of shape 很糟糕；亂七八糟

打招呼④ 天氣

Beautiful day, isn't it?

天氣眞好，不是嗎？

Beautiful day, isn't it?
天氣眞好，不是嗎？
Yes, indeed!
是啊，的確很好！

●舉一反三

How is the weather? 天氣怎麽樣？

It's so cold, isn't it? 好冷，不是嗎？

It's been raining since two days ago. 兩天前就開始下雨了。

Weather

人們交談時，最常談到天氣。尤其是英國人，很喜歡用天氣來作爲談話的話題。表示天氣的基本用語，大多是形容詞。如：***cloud***（雲）→***cloudy***（多雲的）；***wind***（風）→***windy***（多風的）。

呀！
哦！

Raining?
下雨了嗎？
Out of the blue!
眞是出人意料！

●實用表達

rainy〔ˈrenɪ〕*adj.* 多雨的　　snowy〔ˈsnoɪ〕*adj.* 多雪的
storm〔stɔrm〕*n.* 暴風雨；暴風雪　　stormy〔ˈstɔrmɪ〕*adj.* 多風暴的
typhoon〔taɪˈfun〕*n.* 颱風　　humid〔ˈhjumɪd〕*adj.* 潮濕的

詢問 ① 籍貫

Where are you from?

你是哪裏人？

Where are you from?
你是哪裏人？

I'm from Keelung. Where are you from?
我是基隆人。你什麼地方的人呢？

● 舉一反三

Where do you come from? 你是哪裏人？

I was born in Kaohsiung. 我在高雄出生的。

I was brought up in Taipei. 我在台北長大。

Birthplace

英美人剛開始會話交談時，常會問對方的出生地點。通常 ***in***、***to***、***with***、***from*** 等介系詞，不唸重音。但是，***Where are you from***? 的 ***where*** 和 ***from*** 要加重發音。另外，也應該熟悉美國各州的州名。

I'm from Ohio.
我是俄亥俄州人。
Oh, it's a beautiful state.
喔！那是很美的一州。
Yes, thank you.
是的，謝謝。

●實用表達

hometown 〔'hom'taʊn〕 *n*. 家鄉　　large city 大都市
small town 小鎮　　country town 鄉村小鎮
country boy／girl 鄉村少年／姑娘　　famous 〔'feməs〕 *adj*. 著名的

詢問 ② 學校

Where do you go to school?

你在哪一所學校讀書？

Where do you go to school?
你在哪一所學校讀書？

I go to Taiwan University in Taipei.
I'm a senior.
我在台北的台灣大學唸書。現在是四年級。

● 舉一反三

I graduated from high school in 1985. 1985年我高中畢業。
I'm a freshman at Taiwan University. 我是台大一年級學生。
I'm a sociology major. 我主修社會學。

School

表示在學校唸書，最簡單的用法是“ ***I go to～.*** ” 如果已經畢業的人要到學校去，則用“ ***I went to～.*** ” 一年級可以說是 ***freshman*** 或 ***first-year student***。

What's your major ?
你主修什麼？

Economics.
經濟學。

●實用表達

literature〔'lɪtərətʃɚ〕*n.* 文學　philosophy〔fə'lɑsəfɪ〕*n.* 哲學
politics〔'pɑlə,tɪks〕*n.* 政治學　sophomore〔'sɑfə,mor〕*n.* 二年級學生
junior〔'dʒunjɚ〕*n.* 三年級學生　senior〔'sinjɚ〕*n.* 四年級學生

詢問 ③　公 司

What company do you work for?

你在哪一家公司服務？

What company do you work for?
你在哪一家公司服務？

I work for Mei-Mei Company.
我在美美公司做事。

● 舉一反三

I'm with a computer company. 我在電腦公司做事。

Where is your office? 你在哪裏服務？

I work at a branch of Tat'ung. 我在大同分公司工作。

Company

一般人會話的內容，比較會談到在什麼地方、什麼公司工作，而自己的工作內容、職業種類，則較少談到。談到自己的工作場所或辦公室時用 ***office*** 表示。

What kind of company is it?
你們公司的性質是什麼？

We make wigs.
我們做假髮。

● **實用表達**

sales 〔selz〕 *n.* 售貨總量　manufacture 〔ˌmænjəˈfæktʃɚ〕 *v.* 製造
real estate business 不動產業　insurance company 保險公司
publisher 〔ˈpʌblɪʃɚ〕 *n.* 出版公司

詢問 ④ 嗜好

What's your hobby?

你的嗜好是什麼？

What's your hobby?
你的嗜好是什麼？

My hobby is playing mahjong.
What's your hobby?
我的嗜好是打麻將。
那你呢？

● **舉一反三**

What are you interested in? 你的興趣是什麼？

I'm interested in photography. 我喜歡攝影。

I'm really into computer games. 我對電腦遊戲非常感興趣。

Hobbies

taste 是用來表示品味等方面的興趣。而 ***hobby*** 本來是指「收集郵票」***collecting stamps*** 之類的興趣，而不是指運動方面的興趣。打柏青哥（***pachinko***）就是指打現在最流行的小鋼珠。

Well, I like playing pachinko.
嗯，我喜歡打柏青哥。

See you.
再見！
麻將

●實用表達

watching ball games 看球賽　playing tennis 打網球
reading comic books／strips 看漫畫
jogging〔ˈdʒɑgɪŋ〕*n.* 慢跑

詢問 ⑤ 家族 I

She teaches English.

她教英文。

What does your wife do?

尊夫人從事什麼行業？

She stays home and watches TV.
What does your wife do?
她留在家裡看電視。
那尊夫人做什麼呢？

●舉一反三

Is your wife working part-time? 尊夫人有沒有兼差？

My wife is a beautician. 內人是美容師。

My grandfather is seventy-two years old. 我的祖父 72 歲了。

Family Ⅰ

「尊夫人」是 ***your wife***, 在英語中，如果彼此很熟悉，稱呼對方的太太，也可以用 ***first name***。但是，在正式的場合中，不管是稱呼別人的太太或自己的太太，都用***Mrs.*** ～。

She teaches English.
她教英文。

請
ABC
安
靜
大学
講座

● **實用表達**

grandparents 〔'grænd,pɛrənts〕 *n.* 祖父母
homemaker 〔'hom,mekɚ〕 *n.* 主婦；主夫
housewife 〔'haʊs,waɪf〕 *n.* 家庭主婦　insurance agent 保險代理人

詢問 ⑥ 家族 Ⅱ

What does your husband do?

你先生在哪高就？

What does your husband do?
你先生在哪高就？

He stays home and takes care of our kids.
他留在家裡看小孩。

●舉一反三

My husband runs a supermarket. 我先生經營一家超級市場。
How old is your husband? 你先生多大年紀？
My husband always comes home drunk. 我先生總是醉醺醺的回家。

Family Ⅱ

「工作」用 ***job***（有時用 ***work***）這個字。「職業」用 ***occupation*** 或 ***profession***。問別人丈夫的職業，常用“***What is your husband's job***？”或“***What does your husband do***？”

What does your husband do？
你先生從事什麼行業？

He is a professional cartonist.
他是職業漫畫家。
是蔡志忠嗎？

●實用表達

office worker 辦公室職員　　police officer 警官
college professor 大學教授　　mahjong parlor 麻將館
pachinko parlor 柏青哥店（打小鋼珠的地方）

詢問 ⑦ 家族 Ⅲ

How many children do you have?
你有幾個小孩？

How many children do you have?
你有幾個小孩？
I have just one. My son Kangkang is a first grader.
我只有一個兒子，叫康康，讀小學一年級。

● **舉一反三**

Do you have children？ 你有小孩嗎？

I have no children。我沒有小孩。

Are you married? 你結婚了嗎？ I'm not married. 我還沒結婚。

Family Ⅲ

在中文裏「兄」「弟」「姊」「妹」分得很清楚。但是在英語中，只用“***brother***”、“***sister***”來代表，很少特地講***elder***（***older***）～或***younger***～。

How many do you have?
你有幾個小孩？

We have six. Our house is like a kindergarten.
我們有六個小孩，我家就像個幼稚園。

●實用表達

daughter〔ˈdɔtɚ〕*n.* 女兒　grandchild〔ˈgrænd,tʃaɪld〕*n.* 孫子
nephew〔ˈnɛfju〕*n.* 姪兒；外甥　niece〔nis〕*n.* 姪女；甥女
cousin〔ˈkʌzn̩〕*n.* 堂或表的兄弟姊妹　family of five 五個人的家庭

詢問 ⑧ 請再說一遍

I beg your pardon?

請再說一遍，好嗎？

May I have your name?
請問你尊姓大名？

Yes, my name is John Huddleston.
喔，我叫約翰・哈得爾斯頓。

● **舉一反三**

Excuse me? 對不起。(語氣上揚表示沒聽清楚，請求對方再說一遍)

Would you speak more slowly? 你可不可以說慢一點？

I can't hear you. 我聽不到。

Asking for repetition

聽不清楚對方所說的話時，要說 ***I beg your pardon***？這句話最重要的是後面語調要上揚。簡短的說是***Pardon me***？如果語調下降是表示「對不起」。

I beg your pardon?
請再說一遍，好嗎？
John Huddleston.
約翰・哈得爾斯頓。
How do you spell your last name?
你的姓該怎麼拼呢？
H-u-d-d-l-e-s-t-o-n.

●實用表達

speak very fast 說得很快　difficult to understand 難以理解
hearing ability 聽力　pronunciation〔prə,nʌnsɪ'eʃən〕*n.* 發音

拜託・許可 ① 公車上

Would you turn down the volume?

你可以把聲音關小一點嗎？

Would you turn down the volume?
你可以把聲音關小一點嗎？

● 舉一反三

Would you do me a favor? 你願意幫我一個忙嗎？

Would you help me with my math problems? 你願意幫我解決數學問題嗎？

Please proofread this. 請校對一下。

On the bus

請求對方時，最簡單的用法是用"***Please*～.**"，如果要複雜點，以增加客氣禮貌的程度時，用***Will you***～？或***Will you please***～？或***Would you*** (***please***) ～？

Would you turn down the volume?
你可不可以把聲音關小一點？
Would you be quiet?
你可不可以安靜點？

●實用表達

turn on／off（電器製品、自來水等）打開／關掉

turn up／down（音量、光線等）開大／關小

translate ～ (into) ～ 翻譯～（爲）～　correct the mistakes 校正錯誤

拜託・許可 ② 抽 煙

May I smoke?

我可以抽煙嗎？

May I sit here?
我可以坐在這裡嗎？
Sure.
當然可以。

May I smoke?
我可以抽煙嗎？

●舉一反三

Can I borrow this book? 這本書可以借我嗎？
Would you mind if I smoked? 介不介意我抽煙？
No, not at all. 不，一點也不會。 Yes, I would. 會，我會介意。

Smoking

將自己想做的事,拿來請求對方許可時,用 ***May I*** ～? 最適當。比用 ***Can I*** ～? 更客氣。要拒絕又很難開口時，用 “***I'm afraid*** ～.” 表示「不行」的暗示。

I'm afraid not.
恐怕不太好吧!

咔!
咔!
咔!

● 實用表達

call you tomorrow 明天打電話給你　come in 進入
have something to drink 找些飲料喝　take off～ 脫下～

願望 ① 跑車

I wish I had a sports car.

我眞希望能有一部跑車。

I wish I had a sports car.
我眞希望能有一部跑車。

● 舉一反三

I wish I had more money. 但願我有更多的錢。

I wish I were taller. 但願我能再長高一點。

I wish you could come. 我希望你能來。

Sports car

表示夢想、願望時用"***I wish～.***""***I wish I had～.***""***I wish I were ～.***"（不管什麼主詞，be動詞都用***were***)。要注意，***I wish***後的動詞用過去式。

I wish I had a motorcycle.
我希望能有一部摩托車。

●實用表達

more handsome 更美觀的　more beautiful 更漂亮的
slim〔slɪm〕*adj*. 修長的（比較級 slimmer〔'slɪmɚ〕）
smart〔smɑrt〕*adj*. 聰明伶俐的（比較級 smarter〔'smɑrtɚ〕）

願望 ② 大 廈

I want a mansion with a large garden.

我想要一棟大廈裡面有大的花園。

I want a mansion with a large garden.
我想要一棟大廈裡面有大的花園。

And a car… a Porsche or a Ferrari .
還要一部車…保時捷或者是法拉利。

● 舉一反三

I want something to eat. 我想吃點東西。

I'd like to buy a jacket. 我想買一件夾克。

Do you want (Would you like) some coffee? 你要不要喝點咖啡?

Mansion

英語中的“***mansion***”是「邸第、大廈」的意思。表示「想要～」最簡單、最直接的用法是“***I want～.***”。但是，用“***I would like～.***”(=*I'd like～.*)是客氣的用法。

What do you want?
你想要什麼？

A girl who's not demanding.
一個不會要求的女孩子。

●實用表達

a personal computer 個人電腦（簡稱 PC）
some hot (spicy) food 一些熱的（有香料的）食物
a new briefcase 新的公事包　tennis gear 網球用品

抱歉 ① 滑雪

Excuse me.
對不起。

Excuse me.
對不起。
Sure.
沒關係。

● 舉一反三

I'm awfully sorry. 我非常抱歉。 It's my fault. 這是我的錯。
Please forgive me. 請原諒我。 I was wrong. 我錯了。
Please forget about it. 請不要把這件事放在心上。

Skiing

在英語中，表示「抱歉」時要輕輕地說“***Excuse me.***”若是「道歉」時，則要說“***I'm sorry.***”。這兩句話英美人用的很普遍，經常說這兩句話，常保紳士風度。

I'm sorry.
對不起。

That's all right.
沒關係。

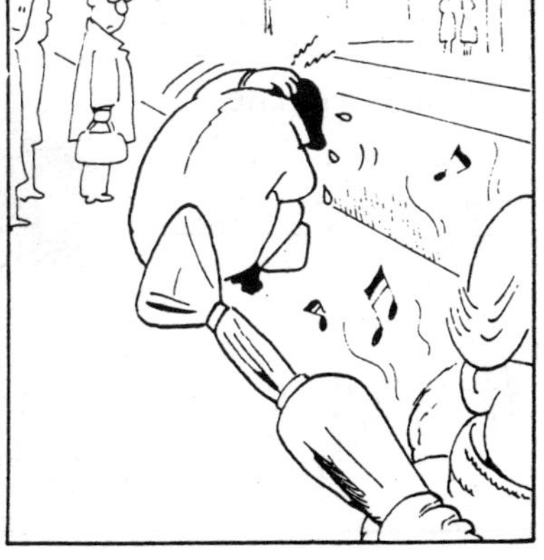

●實用表達

No hard feelings. 請別見怪（別生氣）。 apologize〔ə'pɑlə,dʒaɪz〕*v.* 道歉
careless〔'kɛrlɪs〕*adj.* 粗心的 mistake〔mə'stek〕*n.* 錯誤
No problem. 沒問題。

抱歉 ② 約會

Sorry I'm late.

對不起，我遲到了。

Hi, Nancy.
嗨，南茜。
火車站出口
火
車
站
Hi, Tom.
嗨，湯姆。

Sorry I'm late.
對不起，我遲到了。

●舉一反三

I'm sorry to have kept you waiting. 對不起，讓你久等了。
Sorry to disturb you. 對不起，打擾你了。
Sorry I couldn't make it in time. 對不起，我無法及時趕到。

道歉的用法“ ***I'm sorry.*** ”可擴大使用成“ ***I'm sorry to～./ Sorry I～.*** ”等句型。輕輕地說時，通常省略“ ***I'm*** ”。“I'm sorry to～.”表示惋惜，感到難過之意。

That's all right. I just got here, too.
沒關係，我也是剛到。

I guess you came in a rush.
我想，你一定趕得很匆忙。

●實用表達

appointment〔ə'pɔɪntmənt〕*n.* 約會　in time 及時
on time 準時　traffic jam 交通擁擠
because the train was delayed 因爲火車誤點

意向

Are you going to play baseball?
你要去打棒球嗎？

Are you going to play baseball?
你要去打棒球嗎？

呼！
OH！
I sure am.
我當然要去。

● 舉一反三

I'm gonna marry her. 我打算跟她結婚。

I'm gonna spend a weekend in Chinshan. 我打算到金山度週末。

Are you going to visit Yangmingshan next week? 下星期你要去陽明山嗎？

Intention

表示「打算」時，用“ ***be going to～*** ”，如：“ ***I'm going to～.*** ” “ ***He's going to～.*** ”，較輕鬆的用法是“ ***I'm gonna～.*** ”也就是將“ ***going to*** ”變成“ ***gonna*** ”。

Good luck!
祝你好運！
咔
砰
Thanks, I'll need it.
謝謝，我需要好運氣。

●實用表達

play catch 充當捕手　practice baseball／karate 練習棒球／空手道
teach English 教英文　study economics 研究經濟學

讚 美

Nice dress!
好漂亮的衣服！

Nice dress!
好漂亮的衣服！

Your jacket is nice, too.
你的夾克也很好看。

●舉一反三

Your hair is beautiful. 你的頭髮很漂亮。
I like your shirt. 我喜歡你的襯衫。You're so kind. 你眞好。
You're really something. 你眞了不起；你眞是與衆不同。

Complimenting

我們中國人很少會當著對方的面，給予適當的讚美。如果用英語說出來，一不好意思，就更不行了。歐美的女性很習慣受別人讚美，所以應該要多讚美別人。

Looks very nice on you.
你穿起來眞是合身漂亮。
Thank you.
謝謝。

很不好意思～

●實用表達

marvelous〔'mɑrvələs〕*adj*. 令人驚嘆的；奇妙的
incredible〔ɪn'krɛdəbḷ〕*adj*. 令人難以置信的　flashy〔'flæʃɪ〕*adj*.俗麗的
stylish〔'staɪlɪʃ〕*adj*. 時髦的　sexy〔'sɛksɪ〕*adj*. 性感的

戀愛

I love you.
我愛你。

I'm crazy about you.
我爲你瘋狂。

So am I.
我也是。

I love you.
我愛你。

●舉一反三

I'm nuts about you。我爲你瘋狂。

You're everything to me. 你是我的一切。

I can't keep you out of my mind. 我時時刻刻都在想你。

Love

我們中國人不習慣把「愛」掛在嘴邊，但是，說得誇張一點，歐美人士他們是飯前、飯後都得說句“***I love you.***”。這種直接表達情緒的方法，和我們的國情較不相同。

I love you, too.
我也愛你。
I can't live without you.
沒有你我會活不下去。
Neither can I.
我也一樣。

●實用表達

I want to be near you. 我要陪在你身旁。

I can't sleep without you. 沒有你我無法成眠。

I need you. 我需要你。

表 情

You look very happy.
你看起來好像很高興。

You look very happy.
你看起來好像很高興。

I'm going to get married next month.
我下個月要結婚了。

● 舉一反三

You look sad. 你看起來好像很難過。
What's the matter with you? 有什麽事令你心煩嗎?
Why the long face? 爲什麽拉長了臉?

Facial expressions

看到對方的表情，要說「看起來～」時，用“***You look～.***”後面可以加像 ***happy***、***sad*** 等形容詞。當然也可以加“***very happy***”，這樣的字眼。

You look happy, too.
你看起來也很高興的樣子。

I got divorced last week.
我上星期離婚了。

●實用表達

gloomy〔ˈglumɪ〕*adj*. 愁苦的　tired〔taɪrd〕*adj*. 疲倦的
exhausted〔ɪgˈzɔstɪd〕*adj*. 疲憊的
delicious〔dɪˈlɪʃəs〕*adj*. 美味的

道 謝

Thank you.
謝謝。

This is just a little present for you.
I hope you'll like it.
這是給你的一份小禮物。
希望你會喜歡。

Thank you. May I open it ?
謝謝，我可以打開嗎？

●舉一反三

Thanks. 謝謝。 Thanks a lot. 多謝
Thank you very much. 非常謝謝你。 I appreciate it. 我很感激。
That's very kind of you. 你眞好。

Thanks

從別人那裏獲得禮物，或受讚美時，要說“ ***Thank you.*** ”發“ ***th*** ”音時，舌頭要放在上下齒之間，輕輕地摩擦一下，然後再發音。這樣的發“ th ”音時，才會標準。

Sure.
當然囉。
Wow ! Fantastic !
哇！太棒了。
嘜！
FANTASTIC

●實用表達

Thank you for the present. 謝謝你的禮物。

You're welcome. 不客氣。 Never mind. 沒關係。

The pleasure is mine. 這是我的榮幸。

打算・意見⑥　表示贊成

That's a good idea.

好主意。

Why don't we go for a drink tonight?
我們今晚去喝一杯好嗎？

That's a good idea.
好主意。

● **舉一反三**

I agree (with you／to the plan). 我同意(你的想法／這個計畫)。

I'm for it. 我贊成。　I think you're right. 我想你是對的。

Expressing agreement

在會話中，對於對方的意見或提議，表示贊成時，不光只是回答："***I see.***"或"***Yes.***"，而要說"***Right.***"（說得好）或"***I think so, too.***"（我也這麼認爲。）

We need to let off some steam once in a while.
我們偶爾需要發洩一下過多的精力。

我今天又要加班…
That's right.
說得好。

●實用表達

That's an excellent idea. 那眞是個好主意。
Your plan is very good. 你的計畫非常好。
I like it. 我喜歡。

打算·意見 ⑦ 表示反對

I don't think so.

我不這麼認爲。

I think Chinese are richer than Americans.
我認爲中國人比美國人有錢。
I don't think so. I think Americans are richer than Chinese.
我不這麼認爲，我想美國人比中國人有錢。

● 舉一反三

I'm afraid it's not true.

我恐怕那不是眞的。（用I am afraid時語氣比較緩和）

I don't think it's good. 我認爲這樣不太好。

Expressing opposition

有一句話說“***He is a yes-man.***”這是指一個人唯唯諾諾的，沒有見解。所以，在需要說***No***時還是要說。如果只是隨聲附和地一直說***Yes***，常會引起誤會。這一點是值得特別注意的。

I don't agree with you on that.
在那一方面，我並不同意你的看法。
喔！
喔！
Be my guest.
我請客。

● **實用表達**

I'm against it. 我反對。 I don't believe it. 我不相信。
That's impossible. 那是不可能的。 No way. 不行。

英語會話文法

I'm You're He's
I am You are He is

在會話中，經常使用的文法之一，就是「省略」。在正式書寫的文字上不可省略的，在會話中，往往可以很自然地省略。

1）be 動詞

I am → I'm / I am not → I'm not
You are → You're / You are not → You're not：You aren't
He is → He's / He is not → He's not：He isn't

2）have / has

I have been to Hawaii. → I've been to Hawaii.
（我曾經去過夏威夷。）
He has been to Hawaii. → He's been to Hawaii.
（他曾經去過夏威夷。）

3）had

You had better go now. → You'd better go now.
（你最好現在就走。）

4）will

I will wait for you. → I'll wait for you.（我會等你。）

5）will not

I will not marry him. → I won't marry him.（我不打算跟他結婚。）

6）would

I would like to see you. → I'd like to see you.（我想來看你。）

英語名字藏玄機

Anthony
Tony

有一位演精神不正常的人叫做 ***Anthony Perkins*** 。有時我和美國朋友談話，提到他的名字時，我說：「 ***Anthony Perkins*** 」，這位美國朋友一副很奇怪的表情，當我再說一遍，他想了一下才說：「你的意思是 ***Tony Perkins*** ？」

另一個例子是美國有名的女星***Elizabeth Taylor*** ，她平常並不被稱爲這樣冗長的名字，而是叫做 ***Liz*** 或 ***Liz Taylor*** 。由此可見外國人平時叫 ***nickname***（暱稱）是很自然的。

〔男性的暱稱〕

Edmond / Edgar → Ed　Edward → Ed / Ted
Benjamin → Ben　Christopher → Chris
James → Jim　Jonathan → Jon　Joseph → Joe
Michael → Mike　Richard → Richie / Dick
Robert → Rob / Bob / Bobby　Theodor(e) → Ted / Teddy
Thomas → Tom / Tommy

〔女性的暱稱〕

Charlotte → Char / Lotty　Pamela → Pam
Patricia → Pat / Patty　Susanna(h) → Susan / Sue
Margaret → Marge / Peg / Peggy
Elizabeth → Liz / Beth / Betty

拒絕 ① 節 食

No, thank you. I'm on a diet.
不用了，謝謝。我在節食。

How would you like something to eat?
想不想吃點東西？
No, thank you. I'm on a diet.
不用了，謝謝。我在節食。
MENU
You're in great shape.
你的身材很好啊。

● **舉一反三**

I've had plenty／enough. 我吃得夠多了。 I'm full. 我吃飽了。
I'm not hungry. 我不餓。
I've just had lunch. 我剛吃過午餐。

On a diet

拒絕，是一件很難的事。在拒絕別人勸食時，要說“***No, thank you.***”一定要加上“***thank you***”。***on a diet*** 是規定飲食、限制飲食的意思。

Maybe she should go on a diet.
也許她應該節食了。

●實用表達

I shouldn't take too much sugar. 我不應該吃太多含糖的食物。

Ice cream is fattening. 冰淇淋會使人發胖。

拒絕 ② 看電影

I'm afraid I have another engagement.
我恐怕有另一個約會。

How would you like to go to see a movie with me tomorrow evening?
明天晚上你願意跟我去看一場電影嗎？

That's very nice of you, but I'm afraid I have another engagement.
那太好了，可是我恐怕有另外一個約會。

● **舉一反三**

I'm sorry, but I can't. 很抱歉，我不能答應。
I wish I could go with you. 我眞希望能跟你一起去。
I have an appointment tomorrow. 明天我有個約會。

Movies

被別人邀請時，要不損對方顏面地委婉拒絕，似乎不太容易。而且拒絕的方法，和當事人的個性有關。開口說 ***I'm afraid.***就已經在傳達「否定」的意思了。

Well, too bad. Maybe some other time.
嗯，眞不巧，也許改天吧。

Thank you for asking.
謝謝你的邀請。

討厭…

● 實用表達

I'm tied up with my work. 我工作很忙，分不開身。

I don't feel like going out because I have a cold.
我不想出去，因爲我感冒了。

問路 ① 在馬路上

Turn right at the next corner.

在下一個路口右轉。

Excuse me. Is there a video rental shop around here?
對不起，請問這附近有錄影帶出租店嗎？

● 舉一反三

Turn left at the second traffic light. 在第二個紅綠燈的地方左轉。

It's next to the police station. 在警察局隔壁。

It's about five minutes' walk. 走路大約要花五分鐘。

On the street

當外國人向你問路時，你如果只會說 "***No, no.***" 地逃開，這實在是很丟臉。所以，首先先把 "***go straight***"（直走）、"***turn right / left***"（右/左轉）記起來。

Yes. Turn right at the next corner, and go straight. It's on the left.
有的，在下一個路口右轉，然後直走，就在左邊。

Thank you.
謝謝你。
KEN
You're welcome.
不客氣。

● 實用表達

across the street 穿過街道　　by the river 在河邊
on this side of the street 在街道的這一邊
that skyscraper 那一棟摩天大樓

問路 ② 在火車上

Change to the bus
改搭公車。

Excuse me, but how can I get to Hsinchuang?
對不起，請問要怎麼去新莊？
Well, get off at the next stop, and change to the bus.
嗯，在下一站下車，然後改搭公車。

● 舉一反三

This train doesn't stop at Chungli. 這班火車中壢不停。

Go to platform No. 4. 到第 4 月台搭。

Take the Sea line. 搭海線。

On the train

台灣的公共交通工具很發達，可利用火車、巴士和未來的地下鐵都很自由方便。「搭乘」、「利用」用“ ***take*** ”這個字。如果只指乘上、坐上（車、船）的動作，則用 ***get on***。

Thank you very much.
非常謝謝你。
You're quite welcome.
你太客氣了。

TAIPEI GUIDE BOOK
地下
The bus is that way.
公車在那邊坐。

●實用表達

It takes about an hour. 大約要花一小時。
the end of the line 終點站　an express 快車
a local 慢車；普通車　the last train 最後一班火車

問路 3 幫忙

May I help you?
我能爲你效勞嗎？

May I help you?
我能爲你效勞嗎？
YAM

Well, I'm looking for a travel agency.
嗯，我在找一家旅行社。

● **舉一反三**

Are you lost? 你是不是迷路了？

Are you a stranger around here? 你是第一次到這裡來嗎？

I'll draw you a map. 我幫你畫一張地圖。

Offering some help

看見別人迷路有困難時，可以積極地開口說“***May I help you*?**”如果很難說明清楚，可以畫圖來告訴他。再不行，最後的方法就是，帶這個人一同前往。

There's one near here. I'll show you to the place.
這附近有一家，我帶你過去。

That's very kind of you.
你眞是個好人。
呀！喔！

● 實用表達

Can you find your way back? 你能找到回去的路嗎？

I'm going in the same direction. 我正要去同樣的方向。

I'll go with you. 我跟你一起去。 No sweat! 不麻煩！

時間 ① 問時間

Excuse me, but what time is it?

對不起，請問現在幾點？

Excuse me, but what time is it?
對不起，請問現在幾點？

It's two o'clock.
兩點整。

● **舉一反三**

May I ask what time it is? 請問你現在是幾點鐘？

My watch is fast／slow. 我的錶快了／慢了。

My watch doesn't keep good time. 我的錶不準。

Asking the time

“***Do you have time***?”和“***Do you have the time***?”這兩句意思不一樣。一個是問「有時間嗎？」，另一個是問「現在幾點？」。“***the time***”是表示現在時刻的意思。

Excuse me again.
Would you tell me the time?
再請問你，現在是什麼時候了？

It's five after two.
2點5分。

Excu…………
對不…

● **實用表達**

I don't have a watch. 我沒有錶。

half past two 2點半　a quarter to three 差一刻3點鐘

four-twenty 4點20分　six-forty 6點40分

時間 ② 搭火車所需的時間

How long does it take from Taipei to Taichung?
從台北到台中要花多少時間？

I'm going to take the express train to Taichung.
我要搭快車到台中。
Are you?
是嗎？

How long does it take from Taipei to Taichung?
從台北到台中要花多少時間？

● 舉一反三

How long did it take to get there? 到那裡要花多少時間？

It took about two hours. 大約花兩小時。

How long will it take? 要花多少時間？

Asking how long it takes by train

利用交通工具，用 ***take*** 做動詞，如：“ ***take a train*** ”，而 ***take*** 也有花（時間）的意思。用“ ***How long is the bridge?*** ”（那橋的長度有多少？）問長度，主要句型是“ ***How long～?*** ”。

About three hours and twenty minutes.
大約3個小時又20分鐘。

Great! It's gonna be a long ride.
太棒了！可以坐好久。

● 實用表達

It'll take about twenty minutes by train. 坐火車要花20分鐘。

by subway 搭地下鐵　on foot 步行

from the hotel to the airport 從飯店到機場

時間 ③ 電影開始的時間

What time does the next show begin?
下一場是幾點開始？

Shall we see this movie?
我們看這部電影好嗎？
放　映
Why not? What time does the next show begin?
有何不可呢？下一場是幾點開始？

● **舉一反三**

What time does the last show begin? 最後一場幾點開始？

It begins at seven and ends at nine-thirty. 7點開始，9點半結束。

It lasts so long. 時間眞長。

Asking what time a movie begins

電影、音樂會、會議、演講等，表示花費多少時間，用 ***last*** 來表達。如：***It was a long movie. It lasted three hours.***（這部電影很長，放映時間長達三個小時。）

It begins at seven.
7點開始。
How long will it last?
要多久的時間？
About two hours.
大約2小時。
九點電影結束…，
然後再喝杯咖啡…。

● **實用表達**

movie theater 電影院　ticket office 售票處　road show 街頭表演
double feature 同場演出的兩部影片或兩齣戲
late show 午夜場

忠告 ① 酒館

You shouldn't drink so much.
你不應該喝這麼多酒。

You shouldn't drink so much.
你不應該喝這麼多酒。
I know it.
我知道。

You should go home now.
你現在該回家了。
Don't worry.
別擔心。

● **舉一反三**

Go home and get some sleep. 回家睡一覺。
You must work harder. 你必須更努力工作。
Why don't you go to the ward office? 你爲什麼不到區公所去呢？

At a bar

表示「最好～」「最好不要～」的忠告，最常用的句型是 ***had better～***, ***had better not～***。但是，這二個句型有施予壓力的意思，所以最好不要對長輩說，最好是用 ***should***。

Don't drink too much.
別喝太多了。
We always end up like this.
我們總是這樣不醉不歸。
Don't dri
too

● **實用表達**

Don't work so hard. 別工作得太勞累。

Don't take it so seriously. 不必把它看得太嚴重。

Take it easy. 放輕鬆一點。 Keep cool. 保持冷靜。

忠告 ② 健康

Smoking is bad for you.
抽煙對你的身體有害。

Smoking is bad for you.
抽煙對你的身體有害。
噹！

I know it, but I can't stop it.
我知道，可是我戒不掉啊。
呼！

● **舉一反三**

Exercise is good for you. 運動對你的健康有益。

You'll feel much better if you stop smoking.

如果你戒煙的話，就會覺得舒服多了。

Health

最近美國、台灣吹起了一股重視健康的風氣。聽說那些肥胖的人或抽煙的人，在公司裏，都無法出人頭地。但是「知道歸知道，就是辦不到。」

Eating sweet things is bad for you.
吃甜的東西對你不好哦！

I know it, but I can't stop it.
我知道，可是我禁不住想吃。

●實用表達

Smoking is suicide. 抽煙等於是自殺。

You should watch your waist. 你應該注意你的身材。

Health is better than wealth. 健康比財富更珍貴。

電話 ① 打電話

Who is this, please?
請問是哪一位？

Hello, John?
喂，約翰嗎？

Who is this, please?
請問是哪一位？

● 舉一反三

Is this the Johnson residence? 是詹森公館嗎？
May I speak to Nancy? 麻煩請南希聽電話，好嗎？
This is she. 我就是。

Asking who's speaking

在電話的會話中，第一句話是“***hello***”。在同輩之間若不拘泥於形式，用“***This is Henry.***”就可以了。在詢問對方的名字時，用“***Who is this, please?***”自己和對方都可用 this。

This is Henry speaking.
我是亨利。
Oh! Hi, Henry.
喔！嗨，亨利。

● 實用表達

May I use the phone? 我可以借用電話嗎？

I want to make a call. 我想打個電話。

speak (talk) on the phone 在電話中談話　pay phone 公用電話

電話 ② 回電話

I'll call back after five.

五點以後我再打來。

Hello. This is David Chen speaking.
May I speak to Mr. Benson?
喂，我是陳大衛。請班生先生聽電話好嗎？

He's out now.
He'll be back around five.
他現在出去了，大約5點鐘才會回來。

● **舉一反三**

He's on another phone now. 他正在接另一支電話。
May I take a message／leave a message? 請你留個話好嗎？
Hold on, please. 請稍等一下。

Calling back

在美國有 ***person-to-person call***（指名電話），如果對方不在，就免付費用。如果是在小鎮上，就請 ***operator***（總機），幫忙找對方。

Well, I'll call back after five.
嗯，5點以後我再打過來。
今天正是打麻將…。

●實用表達

The line is busy. 電話佔線。
Thank you for calling. 謝謝你打電話來。
hang up 掛斷電話　answer the phone 回電話

發 燒

I have a fever.

我發燒了。

Are you all right ?
你還好吧！
I feel dizzy.
我覺得頭昏昏的。

● **舉一反三**

I have no appetite. 我沒有食慾。 I have a cold. 我感冒了。

I have a headache. 我頭痛。 I have diarrhea. 我拉肚子。

Having a fever

在英語中，表示生病或症狀「感冒」、「頭痛」、「發燒」、「拉肚子」等用語，大都用“***have***”來表示。

Maybe I have a fever.
也許我發燒了。
You should go and see a doctor.
你應該去看醫生。
我就是醫生。

● **實用表達**

I have high blood pressure. 我有高血壓。

I'm constipated. 我有便秘。 diabetes〔daɪə'bitɪs〕*n.* 糖尿病

asthma〔'æsmə〕*n.* 哮喘 medical check-up 健康檢查

I broke my leg while skiing.

我在滑雪時，跌斷了腿。

What's the matter with you ?
你怎麼了？

I broke my leg while skiing.
我在滑雪時跌斷了腿。

● **舉一反三**

I've sprained my ankle. 我扭傷了我的足踝。

I cut my finger with a ski-edge. 我被雪橇的邊緣割傷了手指。

He was injured in a traffic accident. 他在一場交通事故中受了傷。

Injury

生病可以用 ***have*** 來表達。如果受傷了，則不能全部用 ***have*** 。可用 ***break***（骨折）、***cut***（割傷）、***sprain***（扭傷）等動詞來表達，另外還須把身體各部分的名稱記起來。

That's too bad. Please take care.
太不幸了。請多保重。
Thanks.
謝謝。

救命！
救命啊！

● 實用表達

athlete's foot 香港腳　nosebleed〔'noz,blid〕*n.* 流鼻血
shoulder(s)〔'ʃoldɚ〕*n.* 肩　knee〔ni〕*n.* 膝
elbow〔'ɛl,bc〕*n.* 肘　wrist〔rɪst〕*n.* 腕

送行 ① 在機場

Have a good trip.
一路順風。

What's the departure time?
什麼時間出發？
3:40. Maybe I should go now.
3:40。也許我現在該走了。

Have a good trip.
一路順風。

● **舉一反三**

Thank you for coming to see me off. 謝謝你來爲我送行。
I hope you'll come and visit us again. 我希望你還會再回來探望我們。
Please come back soon. 請早點回來。

At the airport

「送行」是用 ***see ~ off***，「接機」通常用 ***meet***。到機場送行時，心中總有一股說不出的感覺。尤其當機場的廣播用英語播放出來時，令人特別感傷。

Thank you.
I'll write to you.
謝謝你。
我會寫信給你。
What's this umbrella for?
這把傘是作什麼用的？
啪
This is my parachute.
這是我的降落傘。

● **實用表達**

airline counter 機場內航空公司櫃台　check in 投宿旅館
customs 〔'kʌstəmz〕*n.* 海關　boarding pass 車票；船票
souvenir 〔,suvə'nɪr〕*n.* 紀念品　memory 〔'mɛmərɪ〕*n.* 記憶

送行 ② 送別女友

I'll miss you.
我會想你的。

What time does the train leave?
火車什麼時候要開？
It leaves at 4:30.
4:30要開。

We've got only five minutes.
我們只有五分鐘了。

I guess it's time to go.
我想我該走了。

● **舉一反三**

Have you got all your baggage? 你行李都帶了嗎？
Which platform? 哪個月台？ Which car is it? 哪一輛車？
I'll buy you some magazines. 我買些雜誌給你。

Seeing your girlfriend off

在英語中，談到「情人」時，通常是用 ***boyfriend***或 ***girlfriend*** 。***lover*** 是表示有肉體關係的朋友，這是「成人」的字彙，要小心使用。以免鬧出笑話，令人難為情。

Drop me a line.
寫封信給我。
Sure.
一定。
I'll miss you.
我會想你的。
I'll miss you, too.
我也會想你。
I'll miss you.
我會想你的。
哇!
I'll miss you, too.
我也會想你的。

●實用表達

sleeping car／sleeper 臥車(與'dining car相同，'sleeping car的重音也在第一個字)
night train 夜車　reserved seat 預定位子
sentimental journey 令人傷感的旅行

本土化英語知多少

rice cake

中國式的拉窗、拉門叫做 ***sliding door*** 。這些字彙英美人聽了大概都能從字面上來了解。

但是，把「糰糬」譯成 ***rice cake*** ，他們大概就很難想像到底是什麼東西了。完全沒看過「糰糬」的外國人，一定沒想到這是軟軟ＱＱ的東西。

換句話說，因爲中西方沒有相同的東西存在，因此在英語中，也沒有能正確表示此東西的字眼。

petticoat government 裙帶政治；牝雞司晨
henpecked husband 懼內丈夫；怕老婆的男人
rice cracker 米菓　faction〔ˈfæʃən〕*n.* 小派系
territory〔ˈtɛrə,torɪ〕*n.* 區域；領土
seniority〔sinˈjɔrətɪ〕*n.* 年長；年資
automatic retirement 自動退休　*cram school* 補習班
folding screen 屏風　*hot-rodders* 不小心的駕駛人；賽車者
medical checkup 醫療健康檢查　*loan shark* 放高利貸的人
tax return 退回之稅款　*non-smoker's rights* 拒煙權
blessed day 愉快的日子　*cursed day* 痛苦的日子

英語手勢巧妙用

中國人用姆指和食指圍個圈，是表示想要借錢的意思。但是對英美人而言，這個手勢並沒有借錢的意思，以下是幾個英美人的手勢所代表的意思：

⑴ 姆指和食指圍成圓圈
　＝O.K.（沒問題。）

⑵ 食指向上彎曲
　＝come here.（到這裏來。）

⑶ 姆指向上豎立
　＝知道了（同意）

⑷ 姆指向下伸
　＝不行（不能同意）

⑸ 中指和食指交叉，作十字架的樣子。
　＝keep one's fingers crossed
　（祝好運）

Is this the Yang residence?
請問這裏是楊公館嗎？

Is this the Yang residence?
請問這裏是楊公館嗎？
Yes.
是的。

My name is Alan Lin.
我叫林艾倫。

● **舉一反三**

Is Mr. White in? 請問白先生在嗎？
I'm from ABC Insurance. 我是ABC保險公司派來的。
I hope I'm not disturbing you. 希望我沒有打擾到你。

At the front door

在互相作家庭拜訪時，可以清楚地看出文化背景的不同。例如：中國人要去拜訪別人的家庭時，即使是同輩的朋友，手上也要帶些東西去，但是對歐美人而言，就沒有這種特別的習慣。

Hello, Mr. Lin,
we've been expecting you.
哈囉，林先生。
我們一直期望能見到你。
Please come in.
請進。
Thank you.
謝謝。

● 實用表達

So good to see you. 見到你眞好。

Did you have trouble finding our house? 我們家會不會很難找？

Thank you for inviting me. 謝謝你邀請我。

拜訪 ② 在屋內

Please make yourself at home.

請不要拘束。

May I take your coat?
我可以替你拿外套嗎？
Thank you.
謝謝。
How are you, Mr. Lin?
你好嗎？林先生。

● **舉一反三**

Can I come in with my shoes on? 我可以穿著鞋進來嗎？
May I sit here? 我可以坐這兒嗎？
May I take off my jacket? 我可以把夾克脫掉嗎？

Inside the house

中國人和外國人在生活上有些不同，例如到外國人的家中，不必在大門口脫鞋。但是，也有些中國人的家中，也不必脫鞋子。在中國的外國人，到中國家庭做客時，也必需順應中國住家的情形。

Fine, thank you. And you ?
很好，謝謝。你呢？

I'm fine, too, thank you. Please make yourself at home.
我也很好，謝謝。請不要拘束。

● **實用表達**

Please sit down. 請坐。
Would you like something to drink? 你要喝點什麼嗎？
You have a very nice house. 你的房子非常棒。

Please pass the pepper.
請把胡椒遞給我。

Please help yourself to the meat.
請自行取用肉來吃。

Thank you.
謝謝。

● **舉一反三**

This is delicious. 這很可口
May I have some more potatoes? 我可以再吃些馬鈴薯嗎?
You're a very good cook. 你是個非常好的廚師。

At the table

食物的作法和習慣也相當不一樣。一般的基督教家庭，在飯前均會作一些簡短的禱告（叫做 ***say grace***）。進食時取自己的份量在自己的盤中，而且最好是邊愉快地用餐，邊適時地讚美。

Please pass the pepper.
請把胡椒遞給我。
Here you are.
在這裏。

● 實用表達

I'm full. 我吃飽了。 eat (have) soup 喝湯
enjoy dinner 晚飯吃得很愉快

拜訪 ④ 告辭

I must be going.

我該走了。

Well, I must be going.
噢，我該走了。

Nice talking with you.
Thank you for coming.
和你談話眞是愉快。
謝謝光臨。

● **舉一反三**

I think I've stayed too long. 我想我待得太久了。

It's been a wonderful evening. 這眞是美好的一晚。

We shouldn't be keeping you too long. 我們不該耽擱你太久。

On leaving

在拜訪別人之後要告辭時，有一句固定的用語是“***I must be going.***”對方也許會說“***Can't you stay a bit longer?***”（不能再多留一會兒嗎？）

Thank you for everything.
眞是謝謝你。
Please come again.
有空再來。

●實用表達

Thank you for the dinner. 謝謝你的晚餐招待。
We enjoyed having you with us. 我們很高興你加入我們。
See you. 再見。 Good night. 晚安。

住宅 ① 公 寓

Nice apartment.

很好的公寓。

This is my mansion.
這是我的大廈。
Nice apartment.
很好的公寓。
Do you call it an apartment?
你稱它是公寓?

● 舉一反三

You have a nice house. 你的房子很棒。

Do you live in a Western-style house? 你們住的是西式的房子嗎?

We live in a Chinese-style house. 我們住的是中式的房子。

Apartment

在英語中 ***apartment*** 指的是公寓，而 ***condominium***也指公寓，是一種可分割讓購的公寓。***mansion*** 指的是大廈。雖是同一個 ***mansion*** 但在不同國度，就有意思上的差異。

Yes. We call it an apartment or a condominium.
是啊。我們都稱那是公寓。
A mansion in English is a big house with a garden.
英文裡，大廈是指擁有花園的大房子。

● 實用表達

housing problems 住宅問題　architecture〔ˈɑrkə,tɛktʃɚ〕*n.* 建築
housing complex 住宅區　two-story house 二層樓房
boarding／lodging house 出租公寓

住宅 ② 拖鞋

Please take off your shoes and put on these slippers.
請脫掉鞋子換上拖鞋。

Please take off your shoes and put on these slippers.
請脫掉鞋子換上這雙拖鞋。

May I use your bathroom ?
我可以借用一下洗手間嗎？
Sure.
當然可以。

● **舉一反三**

May I come in? 我可以進來嗎？ Come on in. 快進來。
Please come this way. 請走這邊。
Are we supposed to put on these slippers? 我們要換上這些拖鞋嗎？

Slippers

歐美人在家都還穿著鞋子，不像有些中國人，要在門口脫鞋子，換上拖鞋再進去。而到洗手間時，又要換另外一雙拖鞋。因此這個會話可說是中國人的生活實況。

I must be going now.
我現在該走了。
?

● 實用表達

entrance〔ˈɛntrəns〕*n.* 入口　doorbell〔ˈdor,bɛl〕*n.* 門鈴
buzzer〔ˈbʌzɚ〕*n.* 蜂鳴電鈴　front yard 前院
ceiling〔ˈsilɪŋ〕*n.* 天花板　staircase〔ˈstɛr,kes〕*n.* 樓梯

住宅 ③ 浴室

Excuse me, but may I use your bathroom?
對不起，我能借用一下你的浴室嗎？

Excuse me, but may I use your bathroom?
對不起，我能借用一下你的浴室嗎？

Bathroom?
浴室？
Oh, sure.
噢，當然可以。

● **舉一反三**

I'd like to wash my hands. 我想去一下洗手間。

I'd like to powder my nose. 我想去一下化粧室。

Bathroom

在歐美的住宅中，厠所（***toilet***）和浴室（***bathroom***）是在同一個地方。現在在我們國家的城市住宅裏，也是厠所、浴室在一起，但鄉下的地方，就將它們區分開來。

This is the bathroom.
這是浴室。

Oh, no. I don't mean to take a bath.
噢，不。我不是要洗澡。

● **實用表達**

rest room 休息室　dining room 餐廳
living room 客廳；起居室　bedroom〔'bɛd,rum〕*n.* 臥室
basement〔'besmənt〕*n.* 地下室

Wonderful view.

美妙的景色。

Quiet neighborhood.
這附近很寧靜。

Good residential area.
很好的居住環境。

● 舉一反三

Are you looking for an apartment around here? 你要在這附近找間公寓嗎?

This room is too small. 這房間太小了。

Would you like to see another one? 你要看看別間嗎？

Apartment-hunting

在台灣的大都市中，要找間公寓居住實在不太容易。房間小，環境不好，房租又高。六個榻榻米（***six-mat room***）大的房子，如果有簡單的廚房（***kitchenette***）、浴室、厠所，就已經很不錯了。

Nice room.
好棒的房間。

Wonderful view.
美妙的景色。

● 實用表達

house／room for rent 房屋／房間出租

room facing south 朝南的房間 balcony〔ˈbælkənɪ〕*n*. 陽台

furnished〔ˈfɝnɪʃt〕*adj*. 附傢俱的

租房子

I'm ready to sign the contract.

我準備好簽契約了。

I'm ready to sign the contract.
我準備好簽契約了。
每個月租金兩萬、押金、權利金。

The monthly rent is twenty thousand dollars, plus a deposit and key money.
每月租金兩萬元，外加押金和權利金。

● 舉一反三

How much is the rent？房租多少？

You can't keep (have) any pets. 你不可以飼養任何寵物。

You can move in anytime. 你可以隨時搬進來。

Renting an apartment

要跟在台灣租房子的那些外國人說明有關契約的事情，實在不太容易。而且如果他們不懂契約書的內容，他們就不會簽字。所以要儘量說清楚。押金是 ***deposit***，權利金是 ***key money***。

How much do I have to pay for a deposit and key money ?
我該付多少押金和權利金？

Forty thousand dollars each.
各付四萬元。

●實用表達

rent〔rɛnt〕*n.* 租金　　seal〔sil〕*n.* 捺印；封緘
landlord／landlady 房東／女房東　　expire〔ɪk'spaɪr〕*v.* 期滿
two-year contract 二年契約

英語單字創新篇

Mr.

Ms.

女性解放運動叫做 ***women's lib*** 。在美國隨著男女平等運動的高漲，性別在英語的表達上也有差異。最具代表的例子是 ***Ms.*** 這個字。

稱呼男性爲 ***Mr.*** 無法得知他是否結婚了。但是女性就可以用 ***Miss*** 和 ***Mrs.*** 來區分結婚了沒有。這似乎不太公平，所以打算只用 ***Ms.*** 來稱呼女性。

「主婦」相當於英語中的 ***housewife*** 。而 ***wife*** 是指留在家中的太太，和「內人」有些類似。最近也有人使用 ***househusband*** 這個字眼。***home-maker*** 的字眼也常被人使用。

表示「獨身者」男性是 ***bachelor*** ，女性是 ***spinster*** 。但是男性的 ***bachelor*** 常含有好的意思，而女性的 ***spinster*** 則含有「老處女」的意思。所以，在使用時，要特別注意。

男女性未婚，都可用 ***single*** 。結了婚，但是配偶去世了，女性叫做 ***widow***「未亡人」，但是很少對男性稱爲 ***widower***「鰥夫」。

有人用“ ***Mary is Jack's widow.*** ”這種說法，但沒有人用“ ***Jack is Mary's widower.*** ”這種講法。

用英語動動腦

My God, this is my Son.

A young man and his father went out for a drive. Unfortunately they had a car accident. The father was killed, and the young man was seriously injured. The young man was rushed to a hospital. He was taken to the emergency room. Then a doctor came into the room, looked at the young man and said, " My God, this is my son. "

Question : What was the relationship between the doctor and the young man?

這年輕人的父親已經死了，爲什麼醫生又說：" ***This is my son.*** "？一般人都認爲醫生是男性，所以才想不出來。

這樣的提示大概就知道答案了吧！***The doctor was his mother.*** 也就是說，他母親就是那位醫生。

台北市① 龍山寺

It's a typical Chinese-style architecture.

它是典型的中國式建築。

This is Lungshan Temple.
這是龍山寺。
This temple is very famous.
這間寺廟很有名。

● 舉一反三

This is the main gate. 這是大門。

This tall gate is an arch. 高的這個門是一個拱門。

The nearest station is Taipei. 最近的車站是台北車站。

The Lungshan Temple

龍山寺（ ***Lungshan Temple*** ）位於台北市萬華龍山區，爲北部著名的古刹，除了台灣的香客外，還有更多的日本以及歐美各地的遊客來參觀。

What is the style of the architecture?
這是什麼形式的建築物？
Well, it's a typical Chinese-style architecture.
唔！它是典型的中國式建築。
I see.
我了解。

●實用表達

Taoism originated in China. 道教源於中國。

Buddhist〔'budɪst〕*n*. 佛教徒　believe in ～信仰～

the approach to the temple 寺廟的入口

龍山寺內

It's called yu ch'ien hsiang .

它叫做油錢箱。

What's this wooden box ?
這個木箱是做什麼用的？

It's called yu ch'ien hsiang.
它叫做油錢箱。

● 舉一反三

Many people come here on New Year's Day.
許多人在新年的時候到這裏來。

The atmosphere is solemn. 氣氛很嚴肅。

台灣的寺廟裏都有一只木箱子，給信徒捐獻之用，而這廟的主持人，會利用這些錢來擴建廟宇，或做些善事。寺廟用這種方式往往募捐到很多的錢。

Many worshipers toss money into it and pray for good luck and happiness.
許多信徒把錢投進去，
祈求好運和幸福。

Can I get change for my one-thousand-dollar bill?
我投一千圓的鈔票進去，會找給我零錢嗎？

● **實用表達**

ceremony〔'sɛrə,monɪ〕*n.* 儀式；典禮　　make a wish 許願
good fortune 幸運　　worship〔'wɝʃəp〕*v.n.* 崇拜；禮拜
custom〔'kʌstəm〕*n.* 習慣　　bow〔baʊ〕*v.* 鞠躬；屈服

美術館

Wow! That building is huge.

哇！那棟建築物好大。

It is the Taipei Fine Art Museum.
它是台北市立美術館。
Wow! That building is huge.
哇！那棟建築物好大。

What are the pictures on display?
展覽什麼樣的圖畫？

● **舉一反三**

Have you ever seen an art exhibition before? 你以前參觀過畫展嗎?
Who's your favorite painter? 你最喜歡哪一個畫家？
That was a good painting. 那是一幅好畫。

At the Art Museum

台北市立美術館位於台北市中山北路上，近年來舉辦不少畫展，以及與繪畫藝術有關的活動，替台北市民提供不少文化的生活情趣。也是台北市民閒暇的好去處。

They are Picasso's paintings.
它們是畢卡索的畫。
Oh! They must be valuable.
呀！它們一定很值錢。

●實用表達

painting〔'pentɪŋ〕*n.* 畫；繪畫術
valuable〔'væljuəbḷ〕*adj.* 有價值的；貴重的
display〔dɪ'sple〕*v.n.* 展示；陳列；展覽　　art museum 美術館

台北市④ 新公園

This is Taipei New Park.

這裏是台北新公園。

This is Taipei New Park.
這裏是台北新公園。
It's really beautiful.
相當漂亮。

● **舉一反三**

It looks different from a castle in the West.

它看起來和西方的城堡不同。

Many visitors come here. 有許多遊客到這裏來。

At Taipei New Park

台北新公園的大門口處，有一三層的中國式寶塔（***three-story Chinese pagoda***），寶塔附近的建築就是省立博物館。有很多遊客造訪此地。

I'd like to take a picture of you.
我要幫你拍張照片。
Thank you.
謝謝！
OH
Say "cheese".
說「起酥」。
cheese

● 實用表達

moat〔mot〕*n.* 壕溝　　police officers on guard 警衛

symbol of the nation 國家的象徵

take a picture 拍照

 摩天大樓

There are many skyscrapers around here.

這附近有許多摩天大樓。

There are many skyscrapers around here.
這附近有許多摩天大樓。

They are increasing these days.
最近愈蓋愈多了。

● **舉一反三**

Our office is in that building. 我們公司在那幢大樓裏。

It's on the twentieth floor. 它在二十樓。

There are some restaurants in the basement. 地下樓有一些餐館。

Skyscrapers

台灣現在有很多高樓大廈都在20、30層樓以上。尤其是台北的建築已進入高層化。這些建築可以稱爲 ***high-rise building***, 但是，如果用 ***skyscraper*** 感受到的是更高聳雲霄的大樓 。

Are they quake-proof ?
它們能防震嗎？

Sure. You see, Taiwan's technology in construction is quite advanced.
當然可以。你知道，台灣的建築技術是相當先進的。

● 實用表達

elevator〔'ɛlə,vetɚ〕*n*. 電梯　　escalator〔'ɛskə,letɚ〕*n*. 自動梯
modern architecture 現代建築　　earthquake〔'ɝθ,kwek〕*n*. 地震
scary〔'skærɪ〕*adj*. 可怕的　　insecure〔,ɪnsɪ'kjʊr〕*adj*. 不安全的

台北東區

This is like Fifth Avenue in New York.

這裏很像紐約的第五街。

This is like Fifth Avenue in New York.
這裏很像紐約的第五街。
ART
Is that right?
是嗎?

● **舉一反三**

This shop is like Tiffany's in New York.

這家店很像紐約的蒂芬妮珠寶店。

We are in the heart of Taipei. 我們在台北的心臟地區。

On the streets of eastern Taipei

台北東區的街道，高級商店並列著，感覺很像是紐約的第五街。最近幾年西門鬧區不復往日熱鬧，漸由台北東區所取代。台北東區走高層次的商業路線。

I was born and raised in New York.
我是在紐約出生長大的。
So you're a New Yorker.
所以你是個紐約人。
我是……
鄉下人嗎……

●實用表達

downtown〔'daʊn'taʊn〕*adj*. 在商業區的
neon light／signs 霓虹燈／招牌　　department store 百貨公司
shopping arcade 購物街　　enjoy shopping 喜歡購物

台北市 7　計程車

Let's take a taxi to Hsimenting.
讓我們搭計程車到西門町去。

Let's take a taxi to Hsimenting.
讓我們搭計程車到西門町去。
Here comes one.
來了一部。
TAXI

● 舉一反三

It's difficult to catch a taxi in downtown Taipei late at night. 深夜在台北市區很難叫到計程車。
Shall I call a taxi for you？要爲你叫部計程車嗎？

Taking a taxi

美國有一家計程車公司叫做 ***Yellow Cab***, 如同字面上的意思一樣，車身是黃色的。而在英國的倫敦，計程車身都是黑色的。而台北的計程車，則是五顏六色都有。

西門町。
好

Does his bottom get fire?
他的屁股著火了嗎？
TAXI

● 實用表達

cab〔kæb〕*n*. 計程車　　taxi fare 計程車資
night rate 夜間車資　　taxi driver 計程車司機
drive fast 開快車　　reckless driving 鹵莽的駕駛

道路 ① 擁擠的街道

Watch out!

小心！

It's very crowded.
非常擁擠。
It really is!
眞的耶！

Watch out!
小心！

●舉一反三

Look out! 當心。　Watch your step! 小心。

Here comes a car! 小心車子！

The streets are crowded with shoppers. 街上擠滿了購物的人潮。

Crowded streets

在台灣的街道，尤其是大都市的街道，人口密度很高，所以很擁擠混亂。和外國朋友走在街上，常要對他們喊「危險！」，此時不用***Dangerous***！而用***Watch out***！這個片語。

Thank you.
謝謝。

Watch out!
小心！

●實用表達

dangerous〔'dendʒərəs〕*adj*. 危險的

motorcycle〔'motɚ,saɪkl̩〕*n*. 機車　　bump into 意外碰到

traffic accident 交通事故

道路 ② 狹窄的道路

Too many cars in a small country anyway.

不管怎麼說，這個小國家有太多的車子。

The roads in Taiwan are very narrow.
台灣的道路都非常的狹窄。
Yes, that's why many of them are one-way.
是啊，那就是爲什麼許多道路都是單行道的原因了。

Too many cars in a small country anyway.
不管怎麼說，這個小國家有太多的車子。
叭！
叭！
叭！

● **舉一反三**

I got a parking ticket./I got a ticket for illegal parking.

我收到張違規停車通知單。

Narrow streets

「狹窄」不一定就用“ ***narrow*** ”。馬路、街道的細小狹長可以用 ***narrow***, 國家、房子、房間就要用 ***small***。同樣地，有 ***wide street*** 的講法，卻沒有人說 ***wide house.***

And space for parking is very limited.
停車的空間又非常有限。

That's illegal parking.
那是違規停車。

●實用表達

pedestrian bridge 人行天橋　　pedestrian crossing 行人穿越道
traffic regulations 交通規則
jaywalker〔ˈdʒeˌwɔkɚ〕*n.* 不守交通規則穿越馬路者　parking lot 停車場

道路 ③ 汽車與高速公路

This car gets 15km per liter.

一公升的汽油，這部車可跑 15 公里。

How do you like Japanese cars?
你覺得日本車如何？

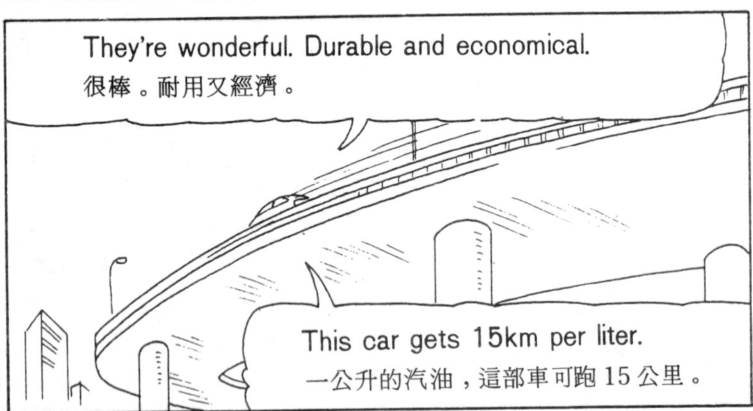

They're wonderful. Durable and economical.
很棒。耐用又經濟。
This car gets 15km per liter.
一公升的汽油，這部車可跑 15 公里。

● 舉一反三

Let's take the expressway. 讓我們走高速公路吧。
Slow down, please. 請慢一點。
This car eats a lot of gas. 這車子很耗油。

在台灣我們稱高速公路爲 ***super highway***，而美國人則稱 ***freeway***。***free***是免費的意思，也指沒有紅綠燈的意思。而在日本卻有很多收費很高的低速公路。

That's 36miles per gallon. Incredible!
一加侖可跑 36 英里。眞不可思議！

噗！
砰！
啊！

Shucks! I forgot to fill it up.
煞！我忘了把它加滿了。
叭！
叭叭
OH NO!

● 實用表達

toll gate 收費站　gas station 加油站　compact car 小型車
convertible〔kən'vɝtəbḷ〕*adj.* 可兌換的；可改變的
fill'er up 灌滿；充滿

在公司① 接 待

Let me show you around.
讓我帶你四處逛逛。

Good morning. Welcome to our head office.
早安。歡迎到我們總公司來。
Thank you for inviting me.
謝謝你的邀請。

● 舉一反三

Thank you for coming. 謝謝光臨。
What would you like to see most? 你最想參觀什麼?

Reception

每一個國家的企業職稱和組織都不盡相同。例如，美國的企業有不少職稱是 ***vice-president***，而 ***vice-president*** 在公司裏只管10個員工左右。但是在台灣的企業，一個副經理至少管10個人以上。

Let me show you around.
讓我帶你四處逛逛。

Could you begin with reception?
你是否可從接待開始？
RECEPTION

● 實用表達

branch office 公司　　sales / planning department 銷售 / 企劃部門
receptionist〔rɪ'sɛpʃənɪst〕*n.* 接待員　　section chief 課長
managing director 總經理；常務董事　　chairman〔'tʃɛrmən〕*n.* 會長

在公司② 汽車陳列室

How do you like it?

你覺得怎麼樣？

This is our new four-door sedan.
How do you like it?
這是我們最新型的四門轎車。
你覺得怎麼樣？

Well, I don't like the style.
嗯，這種樣式我不太喜歡。

● 舉一反三

This is the latest model. 這是最新型的。

This model is not on the market yet. 這一型尚未在市面上銷售。

It comes with an air conditioner. 它有冷氣裝備。

Auto showroom

市面上車子的種類以及零件的名稱很多。為了避免弄錯，最好將英語名稱記起來，如：***wheel*** 是指方向盤、***windshield*** 是擋風玻璃、***accelerator*** 是加速器，而 ***station wagon*** 指的是旅行車。

How about this one?
那麼這一部怎麼樣？

I like this one.
我喜歡這一部。

● 實用表達

van〔væn〕*n.* 貨車；傢俱搬運車

manual／automatic transmission 手排檔／自動排檔

driver's license 駕駛執照

購物 ① 中華商場

They are discount shops.
它們是折扣商店。

My! There are so many shops here.
哎呀！這裏有好多商店。
Do they all sell electric appliances?
它們都賣電氣用品嗎？
中大電器

●舉一反三

30% discount on all articles! 全部的東西都打七折！

You'll get a special discount if you pay in cash.

如果你付現金的話，你將會享受到特別的折扣。

At Chunghua Emporium

最近一些外國觀光客的消息都很靈通，很多人都知道哪裏可以買到最便宜的東西。“***DISCOUNT***”這個字是最會變把戲的字眼。尤其在台灣的夜市，折扣更是一個「變數」。

Yes. And they are discount shops, so you can buy everything cheaper here than anywhere else.
是啊！而且它們是折扣商店。所以你在這裏買東西，都比在其他任何地方買便宜。

That's good.
那太好了。

●實用表達

expensive〔ɪkˈspɛnsɪv〕*adj*. 昂貴的　reasonable price 合理的價格
closing-down sale 結束大拍賣
pay in monthly installments 按月分期付款　credit card 信用卡

購物 ② 買錄影機

Would you like VHS or Beta?

你要買VHS的，還是Beta的？

VHS的呢？
還是Beta的？
Would you like VHS or Beta?
你要買VHS的還是Beta的？
I'd like a VHS video with
a multiplex function.
我想買多功能的VHS錄影機。

● 舉一反三

This is the smallest word-processor. 這是最小型的文字處理機。
This personal computer is easy to handle. 這台個人電腦非常容易操作。
They accept credit cards. 他們接受信用卡。

Buying a video

和外國友人上街購物時，如果你是他（她）的翻譯，那麼在翻譯時勿必要抓住重點，用簡單的英文文法來表達。而且要多記和各項用品有關的字彙，以備不時之需。

我們想看有立體音響的VHS錄音機。
60000
這個如何？是少有的特價品哦！本來賣3萬5千元，現在只賣2萬8千元。

He says it's a real bargain. It's thirty-five thousand NT dollars. But he'll reduce it to **twenty-eight** thousand NT dollars.
他說這眞的是廉價品。原價是新台幣3萬5千元，不過他將它降到新台幣2萬8千元。

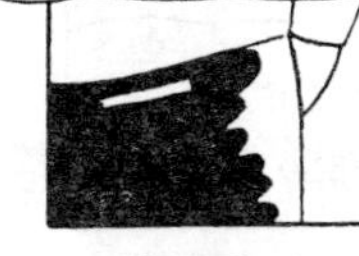

O.K. I'll take it.
好。我買了。

●實用表達

electric calculator 電子計算機　　vacuum cleaner 眞空吸塵器
refrigerator〔rɪ'frɪdʒə,retɚ〕*n.* 冰箱　　single-lens reflex 單眼相機
microwave oven 微波爐　　electric rice-cooker 電鍋

購物 ③ 買運動外套

Why don't you try it on?
何不試穿看看呢？

I want to buy a sports coat.
我想要買件運動外套。
O.K.
好啊。

This looks nice, doesn't it?
這件看起來不錯，不是嗎？

● 舉一反三

What size do you wear? 你穿幾號的？
What kind of coat do you have in mind? 你中意什麼樣的外套？
Would you like to try it on? 你要試穿看看嗎？

Buying a sports coat

有些外國人很喜歡買台灣的東西，因為質料好而且價格又公道，尤其是富有中國傳統的東西，像宮燈（***palace lantern***）、刺繡（***embroider***）、國畫（***Chinese painting***）等。

Why don't you try it on ?
何不試穿看看呢？

Do I look happy ?
我看起來快樂嗎？

● 實用表達

fitting room 試穿室

adjust the length of the pants 修改褲子的長度

loud tie 顏色刺眼的領帶　　plain pattern 樸素的式樣

迷惑人的英語單字

man

對於某些職業，我們往往只想到男性，或只想到女性。這是無可厚非的，因爲有些職業單性所占的比率非常高，職業的名稱幾乎就是代表性別。如「護士」，「褓母」等。雖然，近年來也有有些勇氣可嘉的男性當「褓父」，但是畢竟不多。

在英語中，一般認爲 ***doctor*** 是男性，***nurse*** 是女性，***president*** 是男性，***secretary*** 是女性。而大部分的人，認爲大學的 ***professor*** 是男性，而 ***elementary school teacher*** 是女性。

英語的 ***man*** 是指「男人」，也用來表示「人類」的意思。而 ***woman*** 則只有「女人」的意思。有許多職業名稱都是用 ***man*** 來造字，所以大家會有先入爲主的觀念，認爲那種名稱的職業應該是屬於男性的。

policeman（警官）→ police officer, fireman（消防隊）→ fire fighter, chairman（會長）→ chairperson, salesman（推銷員）→ sales clerk（person）, insurance man（保險公司的職員）→ insurance agent, cameraman（攝影師）→ camera operator, lineman（電報線之架設或保護工人）→ telephone lineworker

英語流行語句

Fantastic!
Beautiful!
Dynamite!

在英語中，有一些流行語。在1960年初，美國人流行講"***Fantastic！***"，動不動就說這個字。

凡是「很好，很棒」的事物，也都是用"***Fantastic！***"。

在會話中，要會用到"***Really？***"（眞的？），"***Sure.***"（當然），"***Right.***"（你說得完全正確）等字眼。

後來，舊金山流行嬉皮（***hippies***）和平運動，連男士們的頭上也插了很多的花，叫做 ***flower children***。他們認爲這是"***Beautiful！***"。

到了70年代，我們常常聽到"***Dynamite！***"這個字。

還有一些像"***cool***""***groovy***"，或"***super***"、"***in***"、"***out-of-sight***"、"***far-out***"等，都是當時很流行的話。

** dynamite〔ˈdaɪnəˌmaɪt〕*n.*（俚）能產生不凡效果之人或物

運動 ① 網球

You're so good.
你太棒了。

You're so good.
你太棒了。
Thanks. You're so good, too.
謝謝。你也很棒啊！

● **舉一反三**

You're a terrific player. 你是個極佳的選手。
Let's practice a little to warm up. 讓我們熱身一下吧。
Shall we play some games? 我們要來比賽幾場嗎？

Tennis

中文裏有一些是和運動有關的外來語。如 ***golf*** 高爾夫球、***bowling*** 保齡球等。中文直接翻用英語的意思。這些運動漸漸在台灣廣泛的流行。尤其是高爾夫球，更受到政界人士的喜愛。

啊！
呀！

Coming!
球來了。

● 實用表達

string〔strɪŋ〕*n.* 弦

mid-size／large-size racket 中拍面／大拍面的網球拍

clay／hard court 紅土／硬土網球場　　hit the ball 擊球

I'll serve first.

我先發球。

Rough or smooth?
要不平的還是平的那面？
Rough.
不平的那面。

● 舉一反三

You serve first. 你先發球。 I'll take the court. 我選場地。
Ready? 準備好了嗎？ That was a super shot. 這一球太棒了。
Go to the net! 觸網！

A tennis match

歐美人在作決定時，常會以丟硬幣的方式來決定。有人在打網球時，也用硬幣來決定誰先發球。但是，大部份的人都以轉網球拍的方式，裝飾線如果是平面向上，就是 ***smooth***。

Smooth.
是平的那一面。
I'll serve first.
我先發球。
到目前為止，情況都還好。

● **實用表達**

forehand/backhand stroke 正手擊/反手擊
double-fault 發球失敗兩次　tie-break(er) 防止球賽時間過長
top-spin 抽球　two-handed backhand 雙手持拍反擊

I'm good at driving.

我擅長强打。

I'm good at driving.
我擅長強打。
Really? I'd like to see your great shot.
眞的嗎？我想要看看你偉大的一擊。

Please wait and see.
請等著看吧！

● 舉一反三

I'm not good at driving. 我不擅於強打。

I always get nervous. 我總是很緊張。

Go ahead. ／You go first. 開始吧。／你先。

Golf

在台灣打高爾夫球，算是很奢侈的運動。因爲打高爾夫球需要很寬廣的場地，對台灣這個地狹人稠的小島而言，是很浪費的。但近幾年來，由於生活富裕，打高爾夫球的人愈來愈多。

Where did the ball go?
球到哪裏去了？

Well, it's right there.
唔，就在這裏。

●實用表達

golf course 高爾夫球場　swing〔swɪŋ〕*n*. 揮桿
a wood (club) 木桿　an iron (club) 鐵桿
caddie cart 裝運高爾夫球棒的二輪推車

運動 ④ 差勁的一球

Terrible shot!

差勁的一球。

糟糕！

Terrible shot!
差勁的一球。

You'll never make the tour with a shot like that.
打出這樣的一球，你這場球賽可就沒輒了。

●舉一反三

I can't hit the ball right. 我沒辦法把球打好。

I goofed again. 我又失誤了。

I can't get the ball out of bunker. 我無法把球從坑窪裏打出來。

Terrible shots

台灣的高爾夫球場很擁擠，常要在衆目睽睽之下打球。所以，第一桿常打成***miss***。因此在開球時，要放輕鬆地打，才不致於第一球就打成***miss***，失掉往後的信心。

That's how the big boys do it. I'll be able to do this hole in Par 4.
那是大男生（職業選手）才能做的事。我能夠4桿進洞。
My daughter did it in Par 2.
我女兒能夠2桿就進洞。
Par 2 !?
2桿 !?

●實用表達

teeing ground 開球區　putt〔pʌt〕*v.* 推；輕擊
putting green 洞周圍二十碼以內之場地　O.B. line 越界線
slice ball 切球　golf widow 被迷上高爾夫球的丈夫丟在家裏的女人

運動 ⑤ 慢跑

Let's take five.
讓我們休息五分鐘。

I'm tired. I need some rest.
我累了。我需要休息一下。
O.K. Let's take five.
好吧。讓我們休息五分鐘。

● 舉一反三

I jog (for) about half an hour every day. 我每天約慢跑半小時。
Don't go so fast. 不要跑那麼快。
I've got a cramp in my leg. 我的腳抽筋了。

Jogging

有一首爵士名歌叫做“***Take Five***”。聽說監獄的囚犯要「休息」時，常用“***Take Five***”。他們把“***Take Five***”不只當成五分鐘，而且含有「休息」的意思。

Wow! I'm full of energy again.
噢！我又精力充沛了。
See you later.
待會見。

●實用表達

jogger〔ˈdʒɑgɚ〕*n.* 慢跑者　jogging trunks／shoes 慢跑短褲／鞋
in／around the park 公園中／公園周圍　sweat〔swɛt〕*n.* 汗

Which team are you rooting for?

你爲哪一隊加油？

Which team are you rooting for?
你爲哪一隊加油？

The Weichuan. It's owned by a company that makes health food.
味全隊。它是由一家製造健康食品的公司所擁有的。

● **舉一反三**

I want the Weichuan to win. 我要味全隊贏。
The Huahsing are leading (by) three to one. 華興隊以三比一領先。
Are they winning or losing? 他們贏了還是輸了？

At a ball park

棒球場也稱為 ***baseball stadium***，但是，美國人常用 ***ball park***。棒球比賽是 ***ball game***。看棒球不可少的零嘴是，爆米花、花生還有啤酒、可樂。

Well, I guess they need something more than just health food.
唔，我想他們還需要點健康食品以外的東西。
S0000
T2346
喂！再來一杯啤酒。

● 實用表達

first baseman 一壘手　shortstop〔'ʃɔrt,stɑp〕*n.* 游擊手

infield (er)〔'ɪn,fild〕*n.* 內野（手）　left field (er) 左外野（手）

starter〔'stɑrtɚ〕*n.* 先發投手　reliever〔rɪ'livɚ〕*n.* 救援投手

運動 ⑦ 巨人隊的球迷

I'm a Giants fan.

我是巨人隊的球迷。

Which team are you a fan of?
你是哪一隊的球迷？
I'm a Brother fan. They're the best team in Taiwan.
我是兄弟隊的球迷。他們是台灣最出色的球隊。

I enjoy staying at Brother Hotel when I come to Taipei.
I can discus baseball with the boss.
我到台北時，也喜歡待在兄弟飯店。
我可以和該飯店的老闆討論棒球。

● 擧一反三

They are all Lions fans. 他們都是獅子隊的球迷。

I don't think the Weichuan can win the pennant.
我不認爲味全隊能贏得錦旗。 Come on! Get tough! 快點！凶一點！

Giants fan

棒球是一項很熱門的運動，尤其是在日本，日本有許多的職業棒球隊，經常到國內來招兵買馬以增強實力，如我們台灣去的二郭一莊一呂便在日本大受歡迎。

I'll bet the boss of Brother Hotel must be a big fan of baseball.
我敢打賭，兄弟飯店的老闆一定是個大棒球迷。
Of course, He is also a good player, too.
當然。他也是個好球員。
加油!
就是那樣…。
加油!

●實用表達

score a run 得一分　single〔'sɪŋgḷ〕*n.* 一壘打　double〔'dʌbḷ〕*n.*二壘打
triple〔'trɪpḷ〕*n.* 三壘打　two-run homer 二分全壘打
grand slam 滿壘全壘打　game-deciding homerun 再見全壘打

What's the ball count?

球數是多少？

What's the ball count?
球數是多少？
30

Two and three.
二好三壞。

● 舉一反三

This pitcher's got a good fast ball. 投手投了一個漂亮的快速球。

Another walk? 又保送一個了嗎？

The pitcher struck him out. 投手把他三振出局。

實況會話

中國人： ***I'm deeply grateful for your support***, Professor Brown. 布朗教授，我深深地感激你的支持。

外國人： You got along quite well, Mei-mei. Please write to me once in a while. That way you won't forget English!

你做得相當好，美美。別忘了偶爾寫信給我。那樣你就不會忘記英文！

中國人： I promise I'll come back soon!

我保證我很快就會回來的！

註 support〔sə'port, -'pɔrt〕*n.* 支持；援助

迷你情報 對別人表示謝意的句型是“I'm deeply grateful for...”而「感謝信」是“a grateful letter”或“a letter of thanks”。在離別時，還可以表示很多感觸，如：“Two years have passed so quickly.”（二年過得好快。），“It almost seems like yesterday when I first came here.”（感覺好像昨天我才第一次來這裏。），“I was lucky to have you for a roommate.”（我很幸運有你這位室友。）

● 學習出版公司門市部 ●

台北地區：台北市許昌街 10 號 2 樓 TEL:(02) 3314060 · 3319209
台中地區：台中市綠川東街 32 號 8 樓 23 室
TEL:(04) 2232838

校園生活英語

編　　著—— 林　婷
發 行 所—— 學習出版有限公司
電話：704-5525
郵撥帳號—— 0512727-2 學習出版社帳戶
登 記 號—— 局版台業字第 5289 號
售　　價—— 新台幣一百五十元正
1995 年 8 月 1 日新版

台灣地區總經銷：
●學英文化事業公司　　　電話：2187307
美國總經銷:Evergreen Book Store
136 S. Atlantic Blvd. Monterey
Park, Ca. 91754　　電話：818-2813622

ISBN 957-519-227-3

英聽・會話・實用系列

聽故事學英文

學習英文有聲讀本入門

LEARNING READERS

FUNDAMENTAL STORIES

劉毅　編著　David Bell　校閱／書78元 (錄音帶)1卷120元

學習英文有聲讀本入門
LEARNING
READERS
FUNDAMENTAL STORIES
學習出版有限公司

■文字最簡易，不超過初學者僅識的550個單字

■故事最有趣，聽過一次，一輩子都記得的逗趣情節

(錄音帶) 另附高品質錄音帶一卷，由美籍說故事專家錄製，音質清晰，配合精彩故事，倍增學習情趣

■老師可利用十到二十分鐘講一課，甚至可當寒暑假作業。而且每篇故事皆附註解、說明，讓學生省去查字典的麻煩；不但不會增加學生的負擔，反而會提高學生們學習英語的興趣！

兒童美語讀本(1～6 冊)

陳怡平　編著 / Edward C. Yulo　校閱

書每本180元 (錄音帶) 4卷500元

學習兒童美語讀本 1
Let's Start with English
學習兒童美語讀本 2
Let's Start with English
學習兒童美語讀本 3
Let's Start with English
LEARNING
English Readers for Children 4
Let's Start with English
LEARNING
English Readers for Children 5
Let's Start with English
LEARNING
English Readers for Children 6
Let's Start with English

- 教育部已正式公布英語列入國小選修課程，「學習兒童美語系列」，正是針對此一需求，專爲中國小孩而編的美語教材！
- 針對兒童學習心理，每單元均有唱歌、遊戲、美勞，使老師能在輕鬆愉快的方式下，順利教學。
- 本土性、國情性的內容，有效突破學童學習上的隔閡。
- 每單元後的「note」、「本單元目標」，使指導者能確實掌握教學方式，便於教學。
- 每冊讀本均附教師手冊，可供老師參考，不必多花時間準備，就可獲得事半功倍的效果。

兒童美語讀本教師手冊

LEARNING
English Readers for Children 1-6
Let's Start with English

陳怡平　編著

書180元

針對兒童心理，設計教學方式與活動，並附習題解答。使教師與家長能掌握教學方向，啓發兒童學習潛力。

Ball count

美國和台灣的棒球比賽，最不相同的地方是 count 的方法不相同。照美國人的說法是先說壞球，再講好球。因此當一位中國人和一位外國人在談論球數時，往往會有習慣上的爭執。

Two balls and three strikes ?
It should be three and two.
是二個壞球三個好球嗎？
那應該是三壞二好球才對。

You know, we say balls first in America.
你知道的，我們在美國是先說壞球的。
吵死了！
現在不是你說話的時候。

● **實用表達**

best pitch 好球　throw a curve 投一個曲球
pop-up 上昇球　grounder〔'graundə〕*n*. 滾地球
inside-the-park homer 場內全壘打

粽子

I'll have tsung-tzu.

我要吃粽子。

What would you like to eat?
你想要吃什麼?
I don't know. What are you going to have?
我不知道。
那麼你要吃什麼?

I'll have tsung-tzu.
我要吃粽子。

● 舉一反三

Have you ever tried any rice tamale? 你曾經吃過粽子嗎?

There are different kinds of rice tamale. 粽子有不同的種類。

It is called "poached eggs". 它被叫做荷包蛋。

Tsung-tzu

粽子（ ***tsung-tzu*** ）是台灣傳統的吃食。每年的端午節（ ***the Dragon-Boat Festival*** ）都要吃粽子。並且有龍舟比賽（ ***dragon-boat race*** ）。

What is it?
是什麼？
It's made by wrapping the rice in broad leaves of reeds and boiling them for a few hours.
它是用寬大的蘆葦葉子把米包起來，然後煮上幾個小時而做成的。

● **實用表達**

bowl〔bol〕*n.* 碗；大酒杯　boil〔bɔɪl〕*v.* 煮；沸騰
leaves of reeds 蘆葦的葉子　wrap〔ræp〕*v.* 包；纏

台灣的吃食 ② 海 鮮

Would you like some sea food ?
你要吃點海鮮嗎？

What would you like to drink ?
你想喝點什麼？
I'll have beer, please.
請給我啤酒。
Would you like some sea food ?
你要吃點海鮮嗎？

● **舉一反三**

Taiwan beer goes very well with sea food.
台灣啤酒和海鮮一起吃非常好。
It is a kind of Taiwanese horseradish. 它是台灣蔊菜的一種。

Sea food

由於台灣是個島嶼,四面環海。因此要吃到海鮮(***sea food***)並不困難。在台灣的海鮮店裏,生魚片(***sliced raw fish***)算是主菜之一,通常沾芥末(***mustard***)一起吃。

What kind of sea food is delicious?
哪一種海鮮最好吃?
Sliced raw fish.
生魚片。
O.K. I'll try it.
好,我嚐嚐看。

● **實用表達**

Dip it in soy sauce. 沾醬油。 tuna〔'tunə〕*n.* 鮪類
cuttlefish〔'kʌtḷ,fɪʃ〕*n.* 烏賊;墨魚 octopus〔'ɑktəpəs〕*n.* 章魚
sea bream 鯉 bonito〔bə'nito〕*n.* 鰹

台灣的吃食 ③　魚翅

Have you ever tried shark's fin ?

你吃過魚翅嗎？

Have you ever tried shark's fin ?
你吃過魚翅嗎？
What's shark's fin ?
魚翅是什麼？
It's a delicacy on a Chinese menu.
它是中國菜餚裏的一道美味。
I'd like to try it.
我想嚐嚐看。

● 舉一反三

Please try some shellfish. 請吃些貝類食物。

This is called "Shark's fin". 這叫做「魚翅」。

It's rolled in rice and seaweed. 它是用海苔和飯捲成的。

Shark's fin

魚翅（ ***shark's fin*** ）是中國很名貴的一道菜，而且也是中國特有的，因此許多外國朋友都樂於嚐試，並且讚不絕口回味無窮。雖然價錢較昂貴，但偶而試吃一次也是值得。

I want to try these salmon eggs, too.
我也想嚐嚐這些烏魚子。

算帳！
一共 8000 元。
!

● 實用表達

laver〔'levə〕*n.* 紫菜　sea eel 鰻；鱔魚
sea urchin 海膽　salmon eggs／roe 烏魚子
cucumber〔'kjukʌmbə〕*n.* 小黃瓜　prawn〔prɔn〕*n.* 對蝦

火 鍋

That'll be American fire pot.

那就成了美國式的火鍋了。

It looks delicious. What do I do with this egg?
看起來很可口的樣子。這個雞蛋是用來做什麼的？

You dip the beef and vegetables in it.
是用來沾牛肉和蔬菜的。

● 擧一反三

Fire pot is a popular dish especially in winter. 在冬天火鍋是很受歡迎的料理。
We don't eat it so often because beef is expensive.
我們並沒有經常吃，因爲牛肉很貴。

Fire pot

在台灣冬天很流行吃火鍋（ ***fire pot*** ），因此對吃火鍋時用的佐料也很講究，有蛋（ ***egg*** ）、葱（ ***scallion*** ）、花生粉（ ***peanut powder*** ）和沙茶醬等。

I'd like mine sunny-side up.
我想要把我的蛋煎成一面熟。
That'll be American fire pot.
那就成了美國式的火鍋了。

● 實用表達

iron pot 鐵板燒　thinly sliced beef 切的很薄的牛肉片
mushroom 〔ˈmʌʃrum〕 *n.* 蕈；蘑菇　onion 〔ˈʌnjən〕 *n.* 洋葱
eat while cooking 邊吃邊煮

英美語的差異(1)

tube
lift
rubber
trousers

有人第一次到英國時，想搭地下鐵。看到寫有 ***subway*** 的指標時，就走下去。沒想到卻走到對面的街道上。原來，在英國的 ***subway*** 是「地下道」的意思，而「地下鐵」叫做 ***underground*** 或 ***tube*** 。

還有一些搭乘工具英美語的說法也有不同，如 ***elevator*** 在英國是 ***lift*** 。***truck*** 叫做 ***lorry*** 。

汽車引擎上的車蓋，英國人叫做 ***bonnet*** ，而美國則叫做 ***boot*** 。牌照，在英國叫做 ***number plate*** ，在美國稱爲 ***license plate*** 。***sedan*** 是美語字眼，***saloon*** 是英語的字眼。

英國人喜歡用像 ***motorist***（等於美國人的 ***car driver***）、***motorway***（等於美國人的 ***expressway / freeway***）之類的字。在旅行或郊遊時，用車子拉的拖車，美國叫做 ***trailer*** ，但英國叫做 ***caravan*** 。在英國車子是左側通行，而在美國卻是右側通行。可見英語和美語的確有不同之處。

英美語的差異(2)

Subway
elevator
Contraceptives
Pants

有個英國人，一進文具店就說“***I need a rubber.***”店老闆卻笑著說“***We don't have contraceptives.***”（我們沒有避孕用品。）

rubber，在美國是指避孕用的橡皮用品，但是在英國則是指「橡皮擦」。英國女性認爲美國說***pants***是很低俗的話。因爲英國人的pants是美國人所說的***underwear pants***（內衣的襯裏）。但是美國人的pants是指「褲子」的意思，而英國人叫褲子爲***trousers***。

美國很喜歡吃馬鈴薯片，叫做***chips***。這是指普通的馬鈴薯片。但是對於英國人而言，***chips***是所謂的***fried potatoes***（薯條）的意思。而薯條在美國則被稱爲***French fried potatoes***或***French fries***或***fries***。

英國人很喜歡“***fish and chips***”這是用魚漿和馬鈴薯一起炸成的炸馬鈴薯片，經常在街上的攤子可以買到這種東西。

棉襖

Can I try it on?

我能試穿看看嗎？

Is this a winter coat?
這是冬天穿的外套嗎？

Yes. It's called mien-ao.
是的。它叫做棉襖。

● 舉一反三

How tall are you? 你有多高？

Probably this is long enough for you. 這件對你來說大概夠長了。

You need a hat to go with it. 你需要一頂帽子來搭配。

Mien-ao

棉襖是中國傳統式的禦寒外套，外套裏層塞滿了棉花，可說是 ***cotton-padded jacket*** 的一種，非常保暖。許多外國朋友很喜歡穿棉襖，因爲它不僅能保暖，而且很有中國味道。

Can I try it on?
我能試穿看看嗎？
可試穿嗎？
請
啦
啦
嘟
嘟！
How do I look?
我看起來怎麼樣？

●**實用表達**

It's made of cotton. 這是棉製品。 light coat 很輕的外套

informal 〔ɪnˈfɔrml̩〕 *adj*. 非正式的

台灣的文化 ② 插花

I'll show you.

我表演給你看。

Do you know how to do flower arrangement?
你知道如何插花嗎？

Yes, I do. I have a certificate.
知道啊。我可是有證書的。

●舉一反三

Chinese flower arrangement is an art. 中國式的插花是一種藝術。
Harmony is very important. 調和非常重要。
There are different schools of flower arrangement. 插花有不同的流派。

Flower arrangement

「插花」在英語中是“ ***flower arrangement*** ”，英語 arrange 是指適當分配的意思。***arrangement*** 是 ***arrange*** 的名詞。「挿花」對婦女朋友來說，是很流行的一項技藝。

That's great. I'd like to learn it.
太棒了。我很想學。

I'll show you.
我表演給你看。

● 實用表達

the three major schools 三種最主要的流派

vase〔ves；vez〕*n.* 花瓶　　popular with women 受女性歡迎

pursuit of beauty 美的追求

台灣的文化 ③ 茶 道

This is powdered tea.

這是粉狀茶。

Please eat the cake.
請用糕點。

● 舉一反三

Tea ceremony is hard to explain. 茶道很難能解釋。

You can learn elegant manners and etiquette.

你能學習到優雅的舉止和禮儀。

Tea ceremony

茶是中國的傳統飲料，茶道更是中國固有的文化之一。喝茶有很多的好處，茶葉更有許多的用途，但近來由於西風東漸，西方飲料較茶更流行。

This is powdered tea. Please hold the cup with both hands and drink it.
這是粉狀茶。請以雙手持杯飲用。
Well, my legs have gone to sleep.
好，呃！我的脚麻了。

● **實用表達**

green tea 綠茶　stir〔stɝ〕*v.* 攪拌　thick / strong tea 濃茶
weak tea 淡茶　bitter〔ˈbɪtɚ〕*adj.* 苦的　Chinese cake 中國式點心

台灣的文化 ④　木屐

We call them clogs.
我們稱它們爲木屐。

What do you call these wooden sandals ?
這種木製便鞋你們叫做什麼？
We call them clogs.
我們稱它們爲木屐。

● **舉一反三**

These days people usually wear shoes instead of clogs.

近來人們都穿鞋子，而不穿木屐了。

The Taiwanese used to wear clogs at home. 台灣人以前在家裏穿木屐。

Clogs

木屐在以前非常流行，但現在大部分的人在家都穿拖鞋（***slippers***）而不再穿木屐（***clogs***）了。因爲拖鞋（***slippers***）穿起來較木屐(***clogs***)輕便。

I want to buy them.
我要買它們。
Then I'll buy these.
那我要買這雙。

●**實用表達**

footgear〔ˈfʊtˌgɪr〕*n*. 覆足之物（如鞋、襪等）

They are more like sandals.　它們和便鞋很類似。

sole〔sol〕*n*. 鞋底　　thong〔θɔŋ；θɑŋ〕*n*. 木屐上之帶子

台灣的文化 5　旗袍

It is called ch'i-p'ao.
這叫做旗袍。

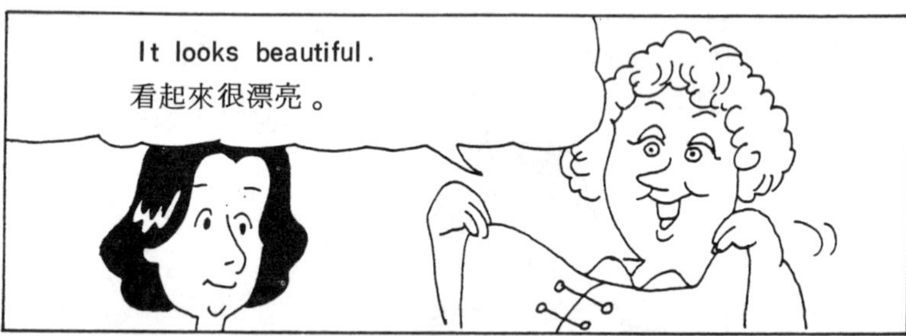

It looks beautiful.
看起來很漂亮。

What is it called?
它叫做什麼?
It is called ch'i-p'ao.
這叫做旗袍。

● 舉一反三

Men usually wear black suits. 男士通常穿著黑色西裝。
Women wear white dresses. 婦女通常穿著白色洋裝。
It is made of cotton or silk. 它是由棉或絲綢製成的。

Ch'i-p'ao

有很多女士在正式場合中，都會穿著旗袍（ch'i-p'ao），因爲旗袍特殊的剪裁方式，可使得女士們更加高貴優雅。製造旗袍的料子有很多，通常爲緞（satin）、絲（silk）等。

I want to try it on.
我想要試穿看看。

● **實用表達**

Men also wear black suits on formal occasions.

男士在正式場合中也是穿著黑色西裝。

wear suits with neckties 穿西裝打領帶　　toe〔to〕*n*. 足趾

台灣的文化 ⑥ 三溫暖

We must pay here.
我們必須在這裏付錢。

Is it mixed bathing ?
這是混合浴嗎？
三温暖
No, it's not.
不，不是。

女
We must pay here.
我們必須在這裏付錢。

● 舉一反三

Some apartments have no bath facilities.
有些公寓沒有沐浴設備。
We wash our bodies outside the tub. 我們在浴盆外清洗身體。

Public bath

近幾年來，台灣越來越流行洗三溫暖，不論男女都很熱衷，尤其對肥胖的人來說，洗三溫暖被認爲是減肥的妙方。商業界的人士，更視洗三溫暖爲一種舒解疲勞的好方法。

We take off our clothes and put them in a locker.
脫掉我們的衣服，然後放在櫃子裏。
35
37
嘩！
What a wonderful view!
多美妙的景色！

● 實用表達

enjoy a leisurely bath 享受一次悠閒的沐浴　　hot springs 溫泉
soak in hot water 泡在熱水裏
refreshing〔rɪˈfrɛʃɪŋ〕*adj.* 令人精神爽快的　　social place 社交場所

台灣的文化 ⑦　結婚喜宴

Another speech! I'm bored.
又是演說！我煩死了。

This is my first time to attend a Taiwanese wedding reception.
這是我第一次參加台灣的結婚喜宴。
There's another one singing.
又有另一個人要唱歌了。

●舉一反三

Many young women prefer a Western-style wedding.
許多年輕婦女偏愛西式的婚禮。

Wedding reception

各地方的結婚儀式都不盡相同，西方人大都在教堂舉行，由牧師來公證主持，而在台灣大都請些有名望的人來致辭，並且大宴賓客。

It's like a variety show.
就像雜耍一般。
Another speech! I'm bored.
又是演說！我煩死了。

I'm sick and tired of hearing speeches.
對於聽演講，我感到很厭煩。

● 實用表達

bride〔braɪd〕*n.* 新娘　　bridegroom〔'braɪd,grum〕*n.* 新郎
go-between〔'gobə'twin〕*n.* 媒人　　banquet〔'bæŋkwɪt〕*n.* 宴會
invitation card 邀請卡　　wedding dress 結婚禮服

台灣的文化 ⑧ 尾牙

The sooner, the better.

愈快愈好。

Let's have a wei-ya.
讓我們來吃尾牙吧！

What is a wei-ya?
什麼是尾牙呢？
It's a year-end party.
那是一種年終的宴會。

● 舉一反三

The wei-ya means "year-end party". 尾牙意思是「年終餐會」。
You'll see lots of drunkards. 你將會看到許多醉漢。

Year-end party

台灣人在年末時，會舉辦尾牙。他們用尾牙來區分一年的年末和另一年工作的開始。但是，這也是他們狂飲作樂的一個好藉口。從 drink 到 drunk 很快的就「醉」了。

That's good.
那太好了。

Shall we have it today?
我們今天就可以吃了嗎？
Why not? The sooner, the better.
有何不可呢？愈快愈好。

●實用表達

Let's try another bar. 我們到別家去喝吧！

forget about all the bad things 忘記所有不愉快的事

stagger〔'stægɚ〕*v.* 蹣跚；搖擺　　hangover〔'hæŋ,ovɚ〕*n.* 宿醉

賞 花

How about enjoying the flowers?
去賞花如何？

How about enjoying the flowers?
去賞花如何？
Where are we going?
我們要去哪裏呢？

● 舉一反三

Plum blossoms are in full bloom. 梅花盛開。
All the parks are full of people. 所有的公園都擠滿了人潮。
They all eat, drink and sing. 他們吃吃喝喝，還邊唱歌。

Enjoying the flowers

陽明山（***Yangmingshan***）是台灣賞花的好去處，每逢花季有很多的人前往賞花，陽明山所栽種的花，最主要的有杜鵑花（***azalea***）、梅花（（***plum blossom***）、櫻花（***cherry blossom***）等。

Let's go to Yangmingshan.
讓我們到陽明山去。

Nobody's looking at the flowers.
沒有人在賞花呀。

●實用表達

go to see plum blossoms at night 夜裏去觀賞梅花
spread a straw mat 鋪上一張草蓆
under the plum trees 在梅樹下　　in（the）spring 在春天

台灣的文化 ⑩　書　法

Let me try it.
讓我試試看。

I do calligraphy on New Year's Day.
It's called ch'un-lien.
我在新年的時候寫書法。這叫做春聯。

●舉一反三

Yen-t'ai is an inkstone. 硯台就是可磨出墨汁的石頭。

We rub the inkstone with a black solid stick to make ink.
我們用黑色墨條來磨擦硯台，以產生墨汁。

Calligraphy

英語 ***calligraphy*** 這個字，是由 ***calli***（美麗）以及 ***graphy***（畫法、書法、記錄法）這兩個字組成的，也就是美麗珍貴的藝術品的意思。書法確實是中國的傳統藝術之一。

書法
This is a great work of art.
這眞是件偉大的藝術作品。

Let me try it.
讓我試試看。

USA
How about this ?
怎麼樣？

●實用表達

writing brush 毛筆　　ink〔ɪŋk〕*n*. 墨水

Chinese characters 國字　　concentrate〔ˈkɑnsn̩ˌtret〕*v*. 集中；專心

concentration〔ˌkɑnsn̩ˈtreʃən〕*n*. 專心　　skillful〔ˈskɪlfəl〕*adj*. 熟練的

台灣的文化 ⑪ 放風箏

I'm confused!

我被弄糊塗了。

They are flying kites.
他們在放風箏。
Yes.
是啊。

What is "kite" in Chinese?
中文裏風箏怎麼講?

Chih-yüan.
紙鳶。

● **舉一反三**

We can't fly kites in crowded cities. 在擁擠的都市中,我們不能放風箏。

Children fly kites during New Year's holidays.

小孩們在新年假期裏放風箏。

Kite-flying

在中文裏，風箏也可稱爲紙鳶，風箏是較通俗的名稱，因此，如果你跟外國朋友提及紙鳶，或許就把他們搞混了。因爲已經很少人稱風箏爲紙鳶了。

Chih-yüan is " kite "?
紙鳶是風箏?
It has two names in Chinese.
在中文裏它有兩種名稱。
I'm confused!
我被弄糊塗了!

●實用表達

round／square／oblong／bird-shaped kite
圓形／正方形／長方形／鳥形風箏

stabilizing tails 風箏尾部藉以平衡之絲帶　　electric wire 電線

卡拉OK

What kind of bar is it?
這是一種什麼樣的酒吧？

How would you like to go to a *karaoke* bar?
你想不想去卡拉OK酒吧呢？

What kind of bar is it?
這是一種什麼樣的酒吧呢？

●舉一反三

Let's sing together. 讓我們一起來合唱。

I like Chinese folk songs. 我喜歡中國民謠。

You're a good singer. 你是位好歌手。　After you. 你先請。

Karaoke

在台灣和紐約也有日本卡拉OK店，很受當地商業界人士的歡迎。而所謂的卡拉OK是指提供音樂給客人，而由客人自己來唱的酒店。這是由日本流傳過來的。

Well, *karaoke* is a sort of do-it-yourself singing, and the customers take turns singing.
唔，卡拉OK是一種一切自己來的歌唱方式，而且由客人輪流唱歌。

You know, I'm a terrible singer.
你知道，我是個破鑼嗓子。

●實用表達

oldie〔'oldɪ〕*n*. 流行老歌　songs of the sixties／60s 60年代歌曲
the latest hits 最新流行歌曲　sing like a pro 唱得和職業歌星一樣好
give a big hand 鼓掌喝采

台灣的文化 ⑬ 唱走調

It's your turn to sing.

輪到你唱了。

It's your turn to sing.
輪到你唱了。

I always sing off key.
我總是唱走調。
?

● **舉一反三**

What are you going to sing? 你要唱什麼歌？

They've got American pop music, too. 他們也知道美國的流行音樂。

I've never sung in public. 我從未在大庭廣衆下唱過歌。

Singing off key

我們說「那個人五音不全」，在英語中說成 sing off key。還有一種說法是 sing out of tune（走調），而 ***sing out*** 是大聲喊出來的意思。

I sing out of tune, too. Well, what would you like to sing?
我還不是一樣會唱走調。
好了，你要唱什麼歌？

I'll try "My way".
我唱這首「我的方向」。
好歌
好歌！！
啪
啪

●實用表達

Chinese pop music 國語流行歌曲　your favorite song 你最喜愛的歌
words／lyrics 歌詞　two songs in a row 連續兩首歌曲
microphone〔ˈmaɪkrə,fon〕*n*. 麥克風；擴音器

台灣的文化⑭　便 當

I'm hungry.
我餓了。

I'm hungry.
我餓了。
So am I.
我也是。

Let's get some pien-tang.
我們來買便當。
便當！
便當！

●舉一反三

Pien-tang means a boxed lunch. 便當是指餐盒。

They sell pien-tang in the aisles of trains, too.
他們也在火車上的走道販賣便當。

Pien-tang

由於現在是屬於工商業社會，因此在吃的方面，不再像傳統的習慣那般講究，現代人在吃的方面，著重要求乾淨衞生，而便當是一種很簡便的方式。

便當〃
What's pien-tang?
什麼是便當？
It's a boxed lunch.
是一種餐盒。

便當！
嘿！
嘿！
pien-tang.
等一下…。

● **實用表達**

Here comes the vendor. 這裏有部自動販賣機。

local specialty 地方特色　　cooked vegetables 煮熟的蔬菜

fried shrimp 炸明蝦　　pickles〔'pɪkl̩z〕*n*. 醃菜

英語中的悄悄話(1)

Powder room

與日常生活有關，也就是和「排泄物」有關的用法，不論東方人或西方人，都不願講得太清楚，而儘量有所避諱。

一般家中使用的廁所我們叫 ***bathroom***，這個字被使用得很廣，其它也可稱爲***washroom*** 。

在公共建築物、公司、旅館中，則常用 ***rest room***這個字 。***rest*** 是休息的意思，休息的地方用來表示洗手間，這是比較委婉的說法 。

其它也有用 ***the facilities***，***facility*** 是設備的意思或 ***lavatory*** 這個字眼 。

通常用***men's room***或 ***ladies' room***來區分男女廁所 。比較可愛的說法有 ***little boys' room***，***little girls' room***。女廁所還可以用 ***powder room***，這是比較別緻的用法 。

privy是出自於 ***private place***（私人的地方），從字面上馬上就能了解其中的含意了 。在 ***gas station***（加油站）等地方，可以找到在戶外很簡單的廁所，這種廁所叫做 ***outhouse*** 。

英語中的悄悄話(2)

backfire
BOM!

如果你到美國的狄斯奈樂園玩，當你站在洗手間的前面時，一定會讓你莞爾。因爲在洗手間的入口，各分別寫著，***Kings*** 和 ***Queens***。這的確是在狄斯奈樂園才有的俏皮話。

具體有關「排泄」的字眼，除了洗手間以外，還有關於氣體的說法。氣體當然是指「屁」。「放屁」的動詞，是用 ***fart*** 這個字。當然一位文雅的人士在委婉的用法中，應儘量避免使用這種用語。

break wind 是比較風趣幽默的用法。和這個用法比起來，***backfire*** 是較簡單又較容易懂的用語。這是指車子的引擎運轉不良，而發生不完全燃燒，從消音器中發出的聲音。將這個用語引申在人體上，就是指放屁的意思。

除了氣體之外，其次就是液體，***make water*** 可能是最冷靜、客觀的用法，也有較可愛的用法是 ***make pee-pee***。用 ***pee-pee*** 或 ***pee*** 都可以。另外，還有一種用法是 ***make number one***，也就是上一號的意思。

若是固體的就不是 ***pee-pee***。而是 ***poo-poo***，不能用 ***number one*** 而要用 ***number two*** 了。

雙關語① 火 柴

You got a match?

有火柴嗎？

○○公園前

○○公園前
You got a match?
有火柴嗎？

●舉一反三

I don't get the punch line. 我抓不到重點。

That's a lousy pun. 那是個很壞的雙關語。

You've got a good sense of humor. 你眞有幽默感。

Match

在英語雙關語叫做 ***pun*** 。這是運用發音類似的字。例如：這會話中所使用的***match*** 〔mætʃ〕和 ***much*** 〔mʌtʃ〕, 發音前後相同，也有的是運用中間的音相同，而來造成雙關語的。

Here you are.
這兒。

Thank you very much！
非常謝謝你！
very much〔mʌtʃ〕和 match〔mætʃ〕是雙關語喔！

● 實用表達

rime〔raɪm〕*n*. 韻　the same sound 同音
similar pronunciation 相近的發音　riddle〔'rɪdl̩〕*n*. 謎
play of words 文字遊戲　joke〔dʒok〕*n*. 笑話

雙關語 ② 茶與〝t〞

That's very sweet of you.
妳很甜。

Would you like some cake?
要吃些蛋糕嗎?

That's very sweet of you.
妳很甜。

● 舉一反三

What do you mean? 你的意思是什麼?

What are you talking about? 你在說什麼?

You're so smart. 你眞聰明。 Use your head. 用用你的頭腦。

實況會話

外國人：You look stunning in your gown, Mei-mei. It's a perfect fit. Congratulations!

美美,你穿起學士服看起來眞美!的確是相當合適。恭喜你!

中國人：Oh, Jenny! I'm so happy. ***Congratulations to you, too***! We've finally made it!

喔，珍妮！我眞是高興極了！也恭喜你！我們終於做到了！

外國人：Yes. It's been a long struggle. You've really worked so hard for this...

是呀！這眞是段頗長的奮鬥。爲此，你一直都非常努力用功著…

註 stunning〔'stʌnɪŋ〕*adj.* 出色的；極美的　　gown〔gaʊn〕*n.* 學士長袍

迷你情報 看到別人穿上學士服，該講的第一句話就是"Congratulations!"還可以讚美對方說"You look stunning in your gown."或"You look so different in your gown."在畢業典禮上，可以對你的同學、朋友說"I enjoy being with you."或"Let's get in touch with each other."

109 整裝回國

看看這裏有多少東西

Look at how much stuff there is!

就業問題

失業率愈來愈高的美國，使得外籍留學生畢業後，很難在當地謀得一份好的職業。近年來，由於台灣經濟呈現高幅度成長，相形之下，對人才的需求也大幅增加，尤其是歡迎學有專才的海外歸國留學生。欲返國服務的留學生，可於返國**前三個月**向我國**駐外大使館**，或所在地區**有關機構**辦理回國服務手續。或者，在返國日起一年內向**青輔會**辦理。

校
園

流行口語

1. Look at all of this junk! 你看看這些破銅爛鐵！
2. You sure have ***a lot of*** stuff! 你確實有一大堆東西！
3. Where did you get all of this stuff? 你這麼多東西，是怎麼來的？
4. ***It's time for*** a little spring cleaning.
   是需要一次春季掃除的時候了。
5. I didn't realize how much there was. 我不知道有多少。
6. How did you accumulate so much? 你是怎麼累積到這麼多的？

實況會話

中國人：All finished packing! ***Look at how much stuff there is***! I wonder why?

全部打包好了！看看這裏有多少東西！我在想是怎麼一回事？

外國人：Uh hum. Because you've packed all your textbooks.

嗯哼，那是因爲你把你所有的教科書都裝起來了。

中國人：I want to take my books back with me. They'll remind me of all the good and difficult times I've had during my stay here.

我想把我的書帶回去。它們將會使我想起我在這裏所擁有的一切快樂與困難時光。

註 remind〔rɪ'maɪnd〕*v*. 使憶起；提醒

迷你
情報

"stuff"原本是指「廢物」，但是，在此是指「行李」的意思。另外，還可以用"junk"來表達。例："I can't take all of this junk back!"是表示「我不能把所有的東西帶回去！」"pack"是指「打包、包裝」的意思。

110 道　別

我深深地感激你的支持

I'm deeply grateful for your support.

新的開始

留學，是指在國外讀書的這一段期間。而學成回國之後，是將所學的繼續消化，甚至應用所長，發揮所學。而所謂**成功的留學**，是指身心健康地回到自己的國家，貢獻所學。從客觀的角度，來處理**中美文化**的問題。所以，畢業回國，不是留學的結束，而是**另一階段的開始**。

校
園

流行口語

1. Thanks for ***all your help***. 感謝你的全力幫助。
2. I couldn't have done it without you.
   沒有你，我是做不成的。
3. You're a shoulder to ***lean on***. 你是個可依靠的支柱。
4. You are someone I can ***count on***. 你是我能依賴的人。
5. You've been there for me. 你一直都很支持（幫忙）我。
6. I can ***count on*** you! 我可以信賴你！

Tea and "t"

要看懂這個會話，必須運用你那聰明的腦袋想一想。***tea*** 和字母的 ***t*** 同音，而字母 ***t*** 的下一個字母是 ***u***，***u*** 和 ***you*** 同音，所以就是指 ***I want you.*** 的意思。

Would you like some tea ?
要來杯茶嗎？

I want the next letter.
我要下一個字母。
? !

● **實用表達**

alphabet〔ˈælfəˌbɛt〕*n.* 字母　quick〔kwɪk〕*adj.* 機靈的
quick-thinker 頭腦靈活的人　slow〔slo〕*adj.* 遲鈍的；呆笨的
slow off the mark 很慢才了解談話內容　dumb／stupid 愚笨的

●學習出版公司門市部●

臺北地區：臺北市許昌街 10 號 2 樓 TEL:(02)2331-4060・2331-9209
台中地區：台中市綠川東街 32 號 8 樓 23 室
TEL:(04)223-2838

看漫畫說英語

編　　著／湯 碧 秋
發 行 所／學習出版有限公司　☎ (02) 2704-5525
郵撥帳號／0512727-2 學習出版社帳戶
登 記 證／局版台業 *2179* 號
印 刷 所／裕強彩色印刷有限公司
台北門市／臺北市許昌街 10 號 2 F　☎ (02) 2331-4060・2331-9209
台中門市／台中市綠川東街 32 號 8 F 23 室　☎ (04) 223-2838
台灣總經銷／紅螞蟻圖書有限公司　☎ (02) 2799-9490・2657-0132
美國總經銷／Evergreen Book Store　☎ (818) 2813622

售價：新台幣一百五十元正

2000 年 4 月 1 日一版五刷

ISBN 957-519-013-0